열일곱의 신세계

열일곱의 신세계

변영희 소설집

도화

차 례

작가의 말

보일 듯이 보이지 않는

뜬금없고 엉뚱한,

열일곱 소녀로 돌아가 다시 시작하고 싶다는 턱없이 간절해서 목이 메는 소망을 품었기 때문일까. 그것이 영영 불가능한 꿈이라 해도 그때 그 시절을 소설로라도 되살려 위로받고 싶었던 것일까.

지구별에 내 숨결이 살아 있다는 존재감의 확인이라면 한가한 넋두리로 보일지도 모르겠다. 코로나 사슬에 묶여, 6개월 여 동안 은둔 상태로 지내던 중, 자연스럽게 붙잡은 것이 글쓰기였다. 기왕에 써놓은 것도 여러 차례 살펴보는 가운데 또 한 권의 책으로 세상에 나오게 되었다.

제일 먼저 아까시 꽃향기가 나를 불러냈고, 꽃밭 방공호가 형성되어 코로나19의 어둔 그늘과 함께 했다. 마음을 지글지글 앓으며 한 발 한 발 구원의 성소를 찾아 발걸음을 내딛는 중에 자귀나무 꽃피고 칡넝쿨 우거지는 경자년의 7월을 맞이했다.

사는 일은 곧 소울 메이트, 그리움의 시원같은 첫 사랑에 대한 사무치는 그리움이고, 어제로 흘러간 전생을 기억해내는 것이었다. 자연인의 셈법 같은 지혜를 발견하면서 죽음의 비극도 세월 지나고 나면 한 줌 재가 되는 허무와 슬픔을 토로한다.

이 생에 한 번은 화려한 초대를 받고 싶다, 열일곱의 신세계로 달려가고 싶다는 불꽃같은 열정이 내 가슴속에서 용솟음치는 것을 확인할 수 있었다.

다만 한 가지, 『열일곱의 신세계』에서 '제임스 딘'을 열애한 소녀의 보일 듯이 보이지 않는 푸른 꿈 한 자락이 부족한 대로 한 줄기 단비 되어, 독자들의 영혼을 촉촉이 적셔주기를 바란다.

花井에서

文苑변영희

아까시꽃의 비원

"이 새끼야! 왜 남의 것을 훔쳐 먹어?"

"조느무 새끼, 손모가지를 잘라놓아야 해!"

연이은 호통이 이어지고 나서 1분도 채 안 되어 으앙! 울음이 터졌다.

향선香仙이 화들짝 놀란다. 으앙! 하고 심장이 뚫리듯 터져 나온 울음소리, 그것은 직감으로 무석이라는 것을 금방 알 수 있었다. 빈 젖을 빠느라고 지쳐 있는 아기를 떼어놓고 그녀는 자리에서 일어난다.

그녀의 몸이 휭! 내들린다. 가까스로 댓돌에 내려선다. 고무신을 발에 꿴다. 마음이 조급하다. 고무신 한 짝이 제대로 발에 걸리지 않는다. 고무신 안에 발가락을 밀어넣은 다음 안채로 걸어간다.

"야! 이 여자야! 어디서 도둑놈의 새끼를 몰고 와서 이 난리를 피우게 해? 당장 방 빼!"

주인집 여자였다. 그 여자 옆에 중학생인 주인집 큰아들이 보인다. 철석, 철석, 무석이 뺨을 때린 것은 주인집 큰아들이 맞는 것 같았다. 부엌문 앞에는 방금 안방에서 물렸음 직한 둥근 밥상이 놓여 있다. 무석이는 부엌에서 나오지도 들어가지도 못한다. 부엌 기둥에 머리를 박치기당하고 있는 형국이다.

"이 새끼 이거, 순 도둑놈의 새끼 아니야? 툭하면 쥐새끼마냥 기어들어 와서 더런 놈의 손모가지로 남의 밥상을 개꼴을 만들어?"

집에서 기르는 개가 밥상을 핥는다고 해도 저리 포악을 떨 수 있을까. 주인 여자가 그녀에게 보란 듯이 개꼴이 되었다는 밥상을 들었다 놓는다. 그 서슬에 밥그릇, 반찬 그릇들이 와르르 부엌 바닥에 나뒹군다.

"너 이 새끼야! 누가 너한테 밥 훔쳐 먹으라고 시키디? 니 에미냐? 에미란 게 새끼들을 생으로 굶겨놓으니까 이런 사달이 나는 거 아니겠어? 누군 애 안 낳아봤나? 허구한 날 방구석에만 자빠져 있으면 일이 되는 겨? 방세는 어떡할 거여? 보증금 까먹은 지가 언젠데 젊은 게 염치가 좀 있어 보라지. 여러 말 할 것 없어! 당장 방 빼! 더는 못 봐준다!"

주인 여자의 공격이 오늘따라 훨씬 심화된 감이 있다. 동네방네 다 들리도록 큰 소리로 왕왕거린다.

현장은 보나 마나다. 그녀는 상황을 파악했다. 4살 무석이가 배고픔을 참지 못하고 주인집 부엌을 기웃거렸을 것이다. 밥이 뜸 드는 냄새. 냉잇국 끓는 냄새, 꽁치가 석쇠에서 익어가는 냄새를 샅샅이 맡으며 펌프 가에서 이제쯤인가 저제쯤인가 손가락을 빨며 기다렸을 것이다.

눈물, 콧물로 얼룩진 무석이의 조그만 얼굴은 차마 바라보기 민망했다. 너무나 슬퍼서 눈물조차 나오지 않는다.

시간은 저녁 어스름이었다. 딱 이럴 즈음 해서 기적처럼 양복을 맵시 나게 떨쳐입은 남편 김유철 씨가, 잡곡 섞인 안남미 쌀 한 봉지라도 짊어지고 돌아올까 싶어 그녀는 퀭한 눈을 들어 살피고 있다. 제일 시급한 건 쌀 한 봉지였다. 연탄이라면 지난겨울 마루에 난로까지 하루 넉 장도 좋고 여섯 장도 좋게 때던 것을, 입춘이 지나자 하루 두 장 정도로 꽉 줄여버린 때문에 여름 절기까지는 근근 버틸 수가 있을 것이었다.

'다른 건 더 안 바래요. 민석이 아빠! 집에 오실 때는 쌀 한 봉지와 남양분유 한 통, 꼭 들고 오셔야 해요.' 그녀는 분홍빛 꿈 한 조각을 붙들고 공포로 일그러진 무석이를 바라본다. 분홍빛 꿈이든, 에메랄드빛 동해바다 물색의 환상이든, 무어라도 붙들고 있어야 무석에게 엄마로서 부끄럽지 않을 것 같아서 있었는가. 현실적으로 이루어질 수 없는, 불가능한 일을 그녀는 꿈꾸고 있는 것이다. 허망한 줄 번연히 알면서도 헛꿈이라도 꾸어야 이 처참한 비극을 잠시나마 모면할 수 있을 것이었다. 그녀는 그 한 생각에 젖어 아득히 서 있다. 주인 여자의 턱없는 폭력과 패악悖惡에도 항의하지 못한다.

무석이가 부엌문에서 몸을 빼내 그녀에게 달려와 안긴다. 그녀의 가냘픈 몸이 비칠! 넘어갈 뻔한다. 그녀가 퍼뜩 정신을 차린다. 무석이의 작은 몸뚱이를 끌어안자 그녀의 눈에서 더운 눈물이 주르르 흘러내린다.

"왜들 또 큰 소리야? 대체 무슨 일이냐?"

주인집 할아버지가 귀가했다. 불암산 등산로 입구에서 커피 행상을 마치고 돌아온 할아버지의 짐은 아침에 집을 나설 때와 비교해서 무게가 덜하지 않은 모양새다. 너도나도 커피 행상에 끼어든 젊은이들 때문에 겨울 동안 솔솔 반찬값이라도 벌었지만 요즘은 꽃철인데도 할아버지의 커피 장사가 불경기를 맞은 것일까. 다른 날에 비해 두어 시간 더 일찍 돌아온 셈이었다.

"거 어멈도 젊은 댁한테 너무 그러지 말기요! 아기 낳은 지 얼마 안 된 애 엄마한테 무엇을 어쨌다고 그리 심하게 대하오? 애기 엄마 어여 애 데리고 들어가소!"

할아버지가 행상용 작은 수레를 밀고 마당 안쪽으로 가며 주인 여자를 나무랐다. 그녀는 할아버지에게 가볍게 목례를 올린 다음 무석이 손을 잡고 문간방으로 간다.

굵은 눈물방울이 무석이 머리 위에 떨어진다.

"무석아! 여기 아랫목에 손을 넣고 있어. 엄마가 감자 넣고 수제비 끓여줄게. 알았지?"

아기가 바깥의 소요를 알았던가, 방안은 더없이 고요하다. 그녀는 찬장에서 밀가루 봉지를 꺼내 물을 부어 반죽한다. 우유병을 씻어 냄비에 올려 삶는다. 우유병이 아니라 보리차 병이었다. 보리차를 끓여 설탕을 약간 넣어 아기를 먹이는 것이다. 남양분유 값이 다섯 곱절이나 껑충 뛰었다. 값이 오른 것뿐 아니라 돈을 배로 더 주어도 가게에 물건이 동났다. 앞으로 더 오른다는 예고 같았다.

그녀는 방으로 들어가 장롱 서랍을 연다. 집세 독촉을 받을 때마다 수없이 서랍을 열었다 닫았다를 거듭했다. 이러다가 길거리로 쫓겨나는 것은 아닌가. 그녀는 서랍에 넣어둔 패물 주머니를 꺼내 가슴에 품었다. 이걸로 이율이 시중 이자보다 월등히 높은 달러 빚을 먼저 갚아야 할까. 그러면 아이들이 덜 구박을 받을까.

당장 나가라는 주인 여자의 포악은 그녀를 겁박했다. 그마저 내어주면 이제 돈 될 만한 게 아무것도 없다. 가게에 분유가 나와도 그녀의 재량으로 분유든 뭐든 더는 어떻게 해볼 도리가 없게 되는 것이다. 감기가 도져서 누런 코를 덕지덕지 달고 다니는 무석이를 병원에 데리고 가는 것은 엄두도 내지 못한다. 무석이는 밤에 잠도 못 자고 귀가 아프다고 울고 보챘다. 그녀는 이러지도 저러지도 결정을 못 하고 패물 주머니를 서랍에 다시 넣는다.

6살 민석이는 유아원에 다니다가 간식 당번이 되어도 간식을 준비하지 못했다는 이유로 새나라 유아원 원장으로부터 등원을 거부당했다.

"너 이리 와봐! 내일부터는 유아원에 나오지 마! 알았어?"

학부모를 호출하지도 않고 즉석에서 민석이를 제외시켰다. 민석에게 아무 때나 머리통을 쥐어박는 유아원 선생님은 큰 공포였다.

"거지, 거지 땅거지!"

유아원 아이들은 민석이를 놀렸다. 여럿이 힘을 합쳐서 떠미는 바람에 책상 모서리에 이마를 다쳐, 이마가 벌겋게 부어 있다. 원장 선생님이 차별을 한다 싶으니까, 유아원 아이들도 말 수 없고 무던한 민석이 알기를 동네북으로 알았다. 발로 차고 침 뱉고, 여자애들은 민석이 얼굴을 꼬집어 뜯었다.

수제비를 먹고 아이들은 잠이 들었다. 아이들에게 이불을 덮어주고 그녀도 옆에 눕는다. 밤이 깊어간다. 일자리 구하러 나간 유철 씨는 한밤이 되어도 돌아오지 않는다. 그녀는 기진하다. 무슨 기척에 눈을 뜨니 방문 바로 앞에 유철 씨가 보였다. 그는 옷 입은 채 잠이 들었던가, 그의 옷이 엉망으로 구겨져 있다. 새벽 1시였다.

"일이 잘되면 분유도 한 통 사고 애들이 좋아하는 삼겹살도 사 올게."

그는 그녀가 주인 여자에게 사정사정해서 꾸어다 준 차비를 들고 나갈 때마다 무슨 선거공약처럼 이 말을 반복했다. 가장인 그에게 그만큼 절실한 과제는 없을 터였다. 그런데 또 허탕인가 보다. 차비만 없애고 어디 가서 무엇을 하다가 저리 파김치가 되어 돌아온 것인가. 그녀가 한숨을 내쉰다.

주인 여자의 홀대는 점점 그 도를 더해갔다. 주인집 가족 중에서 할아버지만큼은 그래도 믿음이 갔다. 다소 위로는 되지만 그 믿음이 먹고 사는 문제와는 아무 연관이 되지 않는다. 할아버지가 행상을 하러 밖에 나가면 해 질 녘이나 되어서 돌아오니 집에서 무슨 일이 일어난다고 해도 도움을 기대할 수는 없다.

집 앞에 큰 도랑이 있고 엉성한 나무다리를 건너야 집 건물로 갈 수 있는, 어린애들이 도랑에 빠지기 쉬운, 제반 여건이 열악한 집이었다. 이 집에 민석이네 가족이 입주할 수 있었던 것은 인정이 살아 있는 할아버지 덕분이었다. 주인 여자는 그녀의 아래위를 꼬나보며 아예 시큰둥했지 않은가. 사내

애 두 명과 배가 남산만 해서 찾아온 그들을 반가워할 사람은 어디에도 없을 터였다.

"취직이 힘들 것 같아. 내가 애들을 보고 있을 테니 애들 외할머니한테 가서 장사밑천이라도 좀 구해오지 그래?"

엉뚱한 발언이었다. 친정어머니에게 돈을 얻어오라니 그게 될 말인가. 그녀의 친정어머니는 그들의 결혼을 적극 반대했다. 어머니에게 그는 인물만 번드드르한, 별 볼일 없는 촌뜨기에 불과했다. 처자식 고생시킬 관상이라며 혀를 내둘렀다.

결혼 초에 잡은 K연구소 연구원이라는 직장도 그녀의 친정어머니 눈에 차지 않았다. 그래도 K연구원 시절은 생활에 지장은 없었다. 회오리바람처럼 석유 파동이 닥치면서 유철 씨는 하루아침에 실직자로 전락한 것이다. 평온하던 일상이 뒤죽박죽으로 헝클어졌다. 일자리는 쉽사리 해결되지 않았고, 그들은 가장 방값이 저렴하다는 서울특별시의 최변방으로 떠밀려온 것이었다.

"무슨, 장사를 한다고요? 제발 더 좋은 회사, 더 높은 월급 그런 것 따지지 말고, 애들을 봐서라도 아무 데나 들어가요!"

그녀가 애원한다.

"알았어! 일이 잘되면 내 남양분유하고 삼겹살이랑 사 올 테니 주인집에 가서 한 번만 더 차비 좀 꾸어오라고!"

유철 씨는 말은 그렇게 하면서 밖에 나가기를 꺼리는 사람처럼 신문을 들고 앉아 뭉그적거렸다. 나가보아도 뾰족한 수가 없기 때문일까. 차비가 없어서일까. 그가 밖에서 들고 온 신문을 읽을 때는 아이들 투정도, 그녀의 넋두리도 귓등으로 흘리는 것 같았다.

그녀가 보다못해 주인 여자에게 가서 차비를 꾸어왔다.

"이거 마지막이예요. 다음부터는 주인 아주머니도 돈 안 꿔준대요. 나도 더는 돈 꾸어달라고 못 하겠어요. 당신 애들 꼴 좀 한 번 보라고요. 너무 불쌍해요. 민석이는 유아원에도 못 가고 하루 종일 집 밖을 헤매고 다녀요. 무석이는 주인집 밥상을 기웃거리다가 매까지 맞았다고요. 수연이는 분유 살 돈이 없어서 보리차를 먹이잖아요. 무슨 일이든 얼른 잡아야 해요!"

"그만 좀 해! 누군 몰라? 에잇! 지겨워! 이놈의 집구석을 그냥~"

유철 씨가 자리에서 벌떡 일어나며 들고 있던 신문을 내던진다. 신문이 풀썩 날아가 문간에 서 있는 그녀의 발에 떨어졌다.

"나보고 아무 데나 가라고? 그 월급으로는 다섯 식구 입에 풀칠하기도 힘들다고. 누군 뭐 이러고 싶어서 참고 있는 줄 알아?"

유철 씨는 그녀를 향해 소리를 꽥! 지르고 뒤도 돌아보지 않고 대문을 나갔다. 그녀가 발밑에 떨어진 신문을 집어 든다.

'1973년 10월 제4차 중동전쟁 발발 이후 페르시아 만의 6 개 산유국들이 가격인상과 감산에 돌입, 배럴당 2.9달러였던 원유(두바이유) 고시가격은 4달러를 돌파했다. 1974년 1월엔 11.6달러까지 올라 2~3개월 만에 무려 4배나 폭등했다. 이 파동으로 1974년 주요 선진국들은 두 자릿수 물가상승과 마이너스 성장이 겹치는 전형적인 스태그플레이션을 겪어야 했다.

대한민국의 경우, 1973년 3.5%였던 물가상승률은 1974년 24.8%로 수직상승했고, 성장률은 12.3%에서 7.4%로 떨어졌다. 무역수지 적자폭도 크게 확대(10억 달러→24억 달러)됐다. 산업구조가 경공업에서 에너지 수요가 많은 중화학공업으로 전환되는 시점이었기 때문에 충격은 더 컸다.'

그것은 석유 파동에 관한 중대한 기사였다. 그 기사는 그녀에게 남양분유가 동나고 쌀값이 폭등한 것에 대한 설명서였다. 그날 밤, 유철 씨는 집에 돌아오지 않았다. 매번 허탕을 치게 되어 집에 들어올 면목이 없거나 차비가 떨어진 것일까. 주인 여자가 그런저런 낌새를 모를 리 없을 테니 더욱 그녀를 쪼아대는 것 같다.

할아버지는 저녁나절 귀가하면 의레 민석이네 문간방에

한 번씩 눈을 주고 안채로 들어가곤 했다. 라면땅 봉지나 눈깔사탕 같은 것을 들고 와서 할아버지 손자와 함께, 민석이 형제를 불러 나누어주었다.

"정호 에미야! 문간방 애기 엄마한테 너무 박하게 굴면 벌 받아요. 방세 밀린 거야 그 집 애기 아빠 취직되는 대로 받으면 되지 않겠는가."

그녀가 할아버지 덕분에 주인 여자의 닦달을 모면한 것은 여러 차례였다.

"애 낳을 때 달러 돈 가져간 것하고, 방세를 석 달씩이나 밀렸는데 무슨 수로 더 봐줍니까. 취직한다고 매일 아침 돈 꿔가고 그 돈도 안 주는데, 제가 뭘 어떻게 참습니까."

주인 여자는 할아버지 분부를 거역했다. 말 그대로 유철 씨가 취직이 됐다면 욕설, 인신 모독 같은 험한 일은 비껴갔을지도 모른다. 민석이는 유아원에 다닐 수 있고, 무석이도 안채 부엌에 들어가서 밥상에 손을 대지 않았을 것이다. 엎친 데 덮친 격으로 오일 쇼크가 닥치면서 유철 씨의 취직은 더 어렵게 된 게 분명해 보였다. 달러 빚에 방세는 고사하고 가족의 생계가 강풍 앞의 촛불이었다.

"무석아! 형 어디 갔어? 네가 좀 찾아볼래?"

"음! 형 아까 아까시 꽃나무 밑에 있었는데."

그녀는 수연이 잠이 들었나 확인한 다음, 무석이 손을 잡고 민석이를 찾으러 뒷산으로 달려간다. 마을 하수가 흐르는 도랑에서 고약한 냄새가 났다. 뒷산엔 아까시 나무가 열 그루도 넘게 열 지어 서 있어 그 고약한 냄새를 희석시키는가. 아까시꽃 향기는 그녀의 옛날을 일깨우듯 매우 강렬했다.

"민석아! 거기서 뭐 하고 있어?"

희끄무레한 어둠 속에서 아까시 나무 줄기를 잡고 있는 민석에게 그녀가 소리쳤다.

"엄마! 형이 아까시꽃 땄어."

무석이가 불룩한 비닐봉지를 쳐들고 그녀에게 달려왔다. 검은 비닐봉지 안에 아까시꽃이 잔뜩 들어 있었다.

"민석아! 이거 뭐 하려고 많이 땄어? 너 혼자 땄어? 이렇게 높은 나무에 네가 올라갔니?"

"와아! 형! 짱이다! 엄마 나도 아까시꽃 딸까?"

무석이 목소리는 배고파 울 때보다 생기가 넘쳤다.

"엄마! 이걸로 우리 떡 해 먹어요! 유아원에 어떤 애 엄마가 간식 대신 아까시꽃으로 떡을 해왔는데 맛이 좋았어요. 엄마, 꽃떡을 만들어 주세요."

"그래? 그러자!"

그녀가 두 아들 손을 잡고 산을 내려와 집으로 갔다. 아기는 그때까지 색, 색, 잠을 자고 있다. 양은솥에 끓여 놓은 수제비는 적당히 불어 있었지만 시장이 반찬이었다.

"민석아! 아까시꽃을 이렇게 많이 땄어? 그러다 나무에서 떨어져 도랑에 굴러떨어지면 어쩔라고."

그녀는 눈물이 쏟아져서 수제비가 입으로 들어가는지 코로 들어가는지 분간이 안 될 정도다. 차라리 패물을 금은방 가게에 내다 팔아 돈을 만들어 간식을 준비해 주었더라면, 민석이가 유아원에 계속 다닐 수 있었을 것을. 그녀는 주인 여자의 닦달을 못 견뎌 몽땅 내어주려던 패물을 생각한다. 어차피 지금 형편으로서는 과분한 물건 아닌가.

그녀는 찬물에 슬렁슬렁 아까시꽃을 헹구고 밀가루 반죽을 했다. 보자기를 깔고 솥에 쪄내니 냄새가 그럴듯하다. 그녀는 아까시꽃으로 떡을 해본 적도, 먹어본 적도 없다. 향긋한 아까시꽃 떡은 순전히 민석이 덕분이었다. 민석이는 유아원 간식 당번일 때 간식을 준비해가지 못해서 등원을 거부당했지 않은가. 아까시꽃 떡에는 민석이의 눈물과 설움이 담겨 있었다.

수연이는 누가 가르쳐주지도 않았는데 제대로 기지도 못하면서 결사적으로 기어와 아까시꽃 떡을 손아귀에 움켜쥐었다. 볼에, 옷에 바르면서 잇몸으로 갈아 먹는다. 배가 고파도 울지 않는 순한 아기가 자발적으로 먹이를 찾는 본능이 발동한 것이다.

그녀는 아까시꽃 떡을 먹는 아이들을 바라본다. 슬픔이 밀려왔다. 나쁜 정치가 호랑이보다 무섭다더니 배고픔은 더 무서웠다. 물가가 오르면서 인심이 사나워지고, 마구 사재기를 해서 남양분유가 자취를 감춘 현실이 두려웠다. 더 무서운 것은 유철 씨의 일이었다. 도대체 무슨 일이 일어났기에 집에 못 오는가. 혹 교통사고가 난 것일까. 일이 안 풀려 비관, 낙담을 한 것일까?

　그녀는 아이들을 데리고 뒷산으로 올라가는 것이 습관처럼 되었다. 아까시 나무가 그들에게 유일한 희망이었다. 민석이가 아까시 나뭇가지를 붙잡으려고 안간힘을 쓴다. 아까시 꽃잎이 우수수 떨어진다.
　"엄마! 이렇게 해! 제일 밑에 늘어진 가지를 쥐고 꽃을 따는 거야. 이렇게!"
　민석이가 껑충 뜀을 뛰어 아까시 나뭇가지를 붙드는 시늉을 해보인다.
　"야! 이 자식아! 나무 좀 가만둬! 가지 부러지잖아!"
　주인 여자가 달려왔다. 두 팔을 짝 벌리고 서서 아까시 나무를 가로막는다.
　"저리 비키세요! 아주머니가 무슨 상관이예요?"
　그녀가 큰소리로 악을 썼다. 아까시꽃을 따는 건 도적질도 아니고 강제 탈취도 아니다. 어른들 큰 소리에 민석이가 울상을 짓는다. 주인 여자가 뒷짐을 지고 서서 그들을 한참 노려 보다가 내려간다.

어느덧 아까시꽃은 지고 계절은 여름 중반으로 다가서고 있었다.

"야아! 이 새끼들아! 누가 우리 정호를 도랑에 밀쳤어? 니들이지?"

말도 안 되는 주인 여자의 도전이었다. 수시로 민석이 형제를 물고 늘어졌다. 주인집은 중학생 한 명에 초등 4학년인데, 애들 말대로 하면, 아직 빵 학년인 민석이 형제가 어떻게 큰 남자애들을 도랑에 밀쳐 빠트릴 수 있단 말인가. 걸핏하면 땡삐처럼 달려들어 공격했다. 공격의 대상은 그녀였고 민석이 형제였다. 번번이 그 여자의 공격대상이 되기는 억울했다. 주인 여자는 아까시 나무를 자기가 심어놓은 것도 아니면서 비위가 더 뒤틀린 것 같았다.

수제비와 안남미 잡곡밥으로 끼니를 겨우 이어가도 민석이와 무석이는 기죽지 않았다. 동네 아이들과 잘 어울리지 않았지만 그렇다고 멀리하지도 않았다. 가지고 있는 딱지며 구슬, 장난감을 빼앗기고도 시비를 걸지 않았다. 나름 꼬방동네 아이들 세계에서 보신하는 요령을 터득한 듯했다. 기죽지 않는 민석이네 아이들이 주인 여자 눈에는 밉게 보인 모양이었다. 그녀는 척박한 환경에 적응해가는 아이들이 안타까웠다.

"방세도 못 내는 주제에 서방도 없이 저 어린것들하고 뭘 먹고 살 작정이지?"

주인 여자는 대놓고 그녀를 을러댄다. 서랍장 속에는 남편의 롤렉스시계도 있다. 제법 값이 나가는 고급시계였다. 남편 부재중에 손대고 싶지 않았고, 결혼 예물 한 가지라도 지니고 싶은 심정이었다.

주인 여자의 남편은 결혼 후 애 둘을 낳고 병사했다고 한다. 청춘 과수댁이었다. 다행스럽게도 할아버지에게 재산이 있어, 그 여자는 전국에서 살길을 찾아 이주해온 이주민 마을에서 으스대며 살았다. 그 여자는 대부분 하루 벌어 하루 살아가는 이웃에게 다른 데보다 월등 비싼 달러 이자를 수금했다. 한 달 이자가 원금의 $\frac{1}{3}$이었다. 돈을 빌려 쓰고 이자 내기가 버거워 채무자가 야반도주를 하거나 자취를 감추는 일이 발생했다. 이자가 원금을 상회할 만치 위협적이었다. 이자놀이가 시원찮은 조짐이 보이자 생활력 강한 이북 출신인 할아버지가 커피 행상을 나섰다고 했다.

이렇게 참고 살 수는 없다. 여길 떠나야 한다. 그녀는 결심했다.

"밀린 집세 제가 어떻게든 해드릴 테니까 조금만 더 참아주세요!"

"방세 늦게 내는 것만큼 달러 이자 붙는 거 알고 있지?"

"나 이런! 쯧쯧쯧."

할아버지가 혀를 끌끌 찼다.

방세 독촉받는 것보다 더 못 견딜 것은 자존감이 무너지는 것, 주인 여자의 모욕적인 언사였다.

그녀가 수연이를 들처업고 포대기 속에 패물 주머니를 찔러넣는다. 시장길에 보아둔 금은방으로 달려간다. 그녀의 마지막 카드였다. 애들 아빠가 언제 돌아올지도 모르니 이걸 팔아 분유라도 몇 통 사놓자. 그리고 집을 구하러 가자.

금은방 주인은 그녀를 힐끗 보더니 돋보기로 살펴보고, 금저울에 달고 나서 계산을 해줬다. 미화美貨보다 금값이 훨씬 높은 시기였고, 금은방 주인은 양심가였다. 주인 여자에게 빚 정리를 하고서도 그녀에게 작으나마 현찰이 생겼다. 차용증서에는 그녀 '이향선' 이름자가 적혀 있었다. 그녀는 그것을 북북 찢었다.

"할아버지 이거 약주라도 사드세요!"

그녀는 늘 그녀 편에 서서 도와주던 할아버지가 친정아버지처럼 감사했다.

다시 봄이 돌아왔다. 취직하러 집을 나간 유철 씨는 여전히 소식이 감감하다. 더 기다릴 수도 없다. 수연이가 아장아장 걸음마를 시작하자 그녀는 이사를 단행한다. 집세가 훨씬 싼 시골마을로, 덜 야박한 사람들이 사는 곳, 보증금이 없는 대신 월세만 내는 조건이었다.

서울로 가는 버스가 하루 두 번 다니는 적막한 남녘의 산골이었다. 공교롭게도 그들이 세 든 집 앞뒤로 아까시 나무가 밤나무, 상수리나무보다 더 많이 숲을 이룬 평화스러운 마을이었다.

민석이가 그 마을 초등학교에 입학했다.

"오우! 우리 큰아들 정말 멋지구나!"

민석이가 잘 자라 초등학교에 입학하다니 그녀는 꿈만 같았다. 외투 앞자락에 하얀 가재 손수건을 달고, 가방을 멘 민석이는 제법 의젓했다. 그녀는 입학식 후 며칠 동안 학부모로서 무석이와 수연이를 데리고 학교에 갈 수 있었다. 처음 입학하면 몇 주는 최초의 단체생활, 학교생활을 돌봐주어야 하지만 그녀는 민석이의 등굣길을 제대로 지켜주지 못한다. 일을 해야만 했다. 아이들 셋을 굶기지 않으려면 산마을에서 다른 대안이 없는 것이다.

눈을 돌려보면 사방 천지가 산이고 푸른 밭이었다. 감자 캐는 철이면 감자를 캐고, 마늘 철이면 하시라도 마다않고 달려가서 마늘을 캐 장에 내다 팔기 좋게 서툰 솜씨로 새끼를 꼬아 마늘을 엮기도 했다. 온갖 식물이 자라고 있는 들판은 그녀에게 삶의 소중한 일터였다. 밀짚모자를 눌러쓰고 땡볕에 나가서 저물도록 들일, 밭일에 매달리다 보면, 몸은 고단해도 수중에 돈이 고였다. 본시 알뜰하기도 하지만 산마을 주민들은 대부분 부농으로 인심이 후한 편이었다. 그녀가 일한 값은 물론, 고구마 감자 고추 마늘 배추 등, 온갖 것을 덤으로 얹어주었다.

그들이 애들 아빠를 물어보면 그녀는 남편 김유철 씨를 비호했다. 해외로 돈 벌러 출타한 것으로 위장했다. 그래야만 될 것 같았다. 전번에 살던 집에서 당했지 않은가.

그녀는 쉬는 날 산으로 들로 다니며 취나물, 야생미나리, 쑥을 뜯었다. 봄에 나는 나물은 거의 다 먹을 수 있다는 것은 경험으로 알고 있었다. 그녀는 할 수 있는 한 억척스럽게 모든 것을 다 해냈다.

"이거 봐! 애기 엄마! 뭘 그런 걸 뜯으러 다녀? 그거 무슨 나물인지 이름이나 알아? 독풀 먹고 죽지 말고 우리 집에 와요. 내가 김치 좀 줄게요!"

만날 때마다 짓궂게 구는 큰 대문집의 한 여인이 있었다. 야유 같기도 하고, 그녀를 멸시하는 것 같았다.

"네! 말씀은 고맙지만 사양할게요. 이따가 쑥개떡 드시러 우리 집에 오세요. 제가 쑥개떡을 잘해요."

그녀는 시간만 나면 나물을 캐서 반찬을 삼았고, 아까시꽃떡에 더하여 이 마을에 와서 쑥개떡을 추가했다. 쑥개떡을 쪄서 마을 사람들에게도 나누어 주었다. 그녀의 쑥개떡은 유난히 맛이 좋아 마을 사람들에게 인기였다.

들일 밭일 하고 돌아오면 그녀는 대학노트를 펼치고, 밤이 이슥하도록 글을 쓰기 시작했다. 그것은 시도 아니고 수필도 아닌, 그녀 자신의 영혼을 달래주는 읍소泣訴였다. 남편에 대한 절절한 그리움이었다.

"엄마!"

민석이가 신주머니를 흔들며 그녀가 일하는 고추밭으로 달려온다. 민석이 뒤에 무석이와 수연이도 따라왔다. 그녀의 얼굴은 햇볕에 그을려 새카맣다. 밀짚모자를 벗으니 그녀 행색이 말이 아니다. 그녀가 밀짚모자로 할랑할랑 바람을 일구며 밭두둑으로 옮겨 앉았다.

"엄마! 내가 부쳐줄게."

민석이가 가방에서 책받침을 꺼냈다. 책받침으로 땀에 전 그녀의 등허리를 부쳐준다. 그녀의 눈길이 먼 하늘을, 푸른 하늘의 구름을 바라보는가. 눈동자에 정처가 없다.

그녀가 일을 마치고 아이들 손을 잡고 집으로 간다. 아이들은 엄마와 함께인 것이 즐거운 듯 폴짝폴짝 뛰었다. 그녀는 그날따라 몹시 지쳐 보였다.

"애기 엄마! 이것 좀 들어봐요! 마을에서 돼지를 잡았어요.

내가 민석이네 거랑 넉넉히 싸달라고 했다고요."

안주인이었다. 일찍이 첫 남편을 여의고 전실 남매가 있는 집에 재취로 들어와 나름대로 행복하게 사는 안주인이었다.

"저런! 저희 것까지 사 오셨어요? 제가 돈을 드릴게요."

그녀가 지갑에서 고깃값을 꺼내 가지고 안채 마루로 건너 갔다. 둥근 소반이 마루 가운데 놓여 있고, 금방 썰어놓은 수육이 큰 접시에 수북하게 담겨 김을 날린다. 폭 삭은 새우젓도, 찐 감자도 놓였다.

"언제 또 고기를 삶으셨어요?"

"돈은 왜? 내가 돈 받으려고 고기 사 온 것 아니야. 민석이 엄마가 건강이 많이 안 좋은 것 같아서 고기 좀 먹게 하려고 가져온 거야. 무리하지 말고 더러 쉬어가며 일을 해요. 민석이 엄마! 어디 아픈 건 아니지?"

민석이네 아이들이 안채 마루로 왔다. 주인집 남매도 둘러 앉았다.

"자아! 어서 고기 좀 들어요. 고기 많이 있으니까 아무 걱정 말고. 젊으나 젊은 엄마가 이 산골에 와서 얼마나 힘들까. 애기 아빠 편지는 자주 오는감?"

안주인이 전실 아이들에게 고기를 집어준다. 그 모습은 누가 보아도 천심이었다. 그녀가 집을 비울 때 민석이네 아이들에게도 먹을 것을 챙겨주고 살뜰하게 보살펴주었다. 그 남편

역시 초등학교 교사로 선량한 인상이었다.

아이들이 맛나게 먹고 있다. 그녀는 고기가 잘 먹히지 않았다. 고기보다 찐 감자가 차라리 입에 맞았다.

그녀는 감동을 준 주인댁에게 무엇인가 보답을 하고 싶었다. 고작 생각해 낸 것이 아까시꽃 떡이었다. 밀가루 반죽을 해서 두어 시간 숙성시킨 다음 솥에 쪄내면 노르스름한 게 빛깔도 좋고, 찰지고 쫀득한 것이 그 맛 또한 일품 아닌가. 쑥개떡은 손이 많이 가서 조금 버거운 편이었다.

쉬는 날, 그녀는 세 아이들과 산으로 갔다. 아까시꽃이 앞뒷산에 지천으로 피어 향기를 사방으로 흩날렸다. 그녀에게 아까시 나무는 맑은 향이 깃든 은혜로운 나무, 아이들 기를 살려준 든든한 후원자였다. 꽃을 따면서 그녀는 아까시 나무에게 빌었다.

'제가 더 아파지기 전에 애들 아빠가 집으로 돌아오게 해주세요. 그가 오는 날 아까시꽃 떡을 해주고 싶어요. 아까시꽃 떡이 우리 애들을 살렸다고 말할 거예요!'

그녀는 목이 멘다. 그녀의 망막에 유철 씨의 형상이 어른거린다.

"엄마! 아까시꽃 냄새가 좋아요!"

민석이와 무석이가 손뼉을 치면서 즐거워한다. 수연이는 떼를 지어 기어 다니는 개미 가족을 바라보며 환성을 질러댄다. 그녀는 민석이 만큼도 아까시꽃을 따지 못한다.

그녀가 아까시꽃 떡을 만들었다. 제일 먼저 안주인에게 가져갔다. 아까시꽃 향기가 그녀의 영혼을 흔든다. 남편도 아까시꽃 떡을 좋아할까? 남편에 대한 그리움이 파도처럼 밀려왔다.

"어휴! 어찌 이 귀한 걸 다 만들었대요? 우리 다 같이 먹어요."

안주인이 알맞게 익은 열무김치를 한 양재기 퍼가지고 오며 환하게 웃었다.

아까시꽃 떡으로 주인댁과 민석이네 일가의 잔치가 있고 열흘쯤 지나서였다. 새벽에 밭에 나간 그녀가 이웃 아낙네의 부축을 받으며 집에 돌아왔다. 들깨밭을 매다가 밭두둑에 쓰러졌다고 했다. 그녀의 얼굴은 완전 사색이었다. 안주인의 신고로 구급차가 달려왔고, 그녀는 빈센트 병원으로 실려 갔다.

민석이네 아이들이 햇살 밝은 마루에 제비 새끼처럼 나란히 앉았다. 세 아이 중 누구도 말이 없다. 그녀가 입원한 병원으로 주인댁 가족들과 함께 갈 것이었다. 빈센트 병원은 집에서 꽤 먼 곳이었다.

5층에서 엘리베이터를 내렸다. 504호실 이향선. 엄마의 이름을 발견한 민석이가 쏜살같이 달려갔다.

"엄마! 엄마!"

민석이가 엄마를 부른다. 그녀의 동공이 천천히 확대된다. 멀고 먼 피안을 바라보듯, 그 눈에 초점이 없다. 무석이와 수연이도 엄마를 부른다. 그녀의 눈꺼풀이 살포시 움직이는가 싶더니 그만 고개를 떨군다. 그때 어디선가 아까시꽃 향내가 날아와 하얀 병실을 가득 채웠다.

"엄마아! 엄맘마!"

세 아이들이 그녀의 팔을 흔든다. 자유를 찾은 새처럼 훠이훠이 하늘나라로 날아가는 엄마를 부른다.

자연인의 셈법

—마음을 비우고 창자를 비우고

'모든 사람의 몸 안에 의사가 있다. 몸 안에 있는 의사, 곧
자연치유력이 질병을 낫게 하는 최고의 의사이다'

(히포크라테스)

3호선 지하철에 오른다. 빈자리가 눈에 들어왔다. 얼른 다
가가 자리에 앉는다. 그녀는 등에 짊어진 배낭을 열어 도서관
에서 빌린 책을 꺼내 읽기 시작한다.

책은 과식, 과욕에 대한 경고로 시작된다. 일본의 천재 민
간의학자 니시 가츠조(西勝造)는 '단식은 인성 회복의 길이
며, 천명을 아는 지름길'이라는 단식이론으로 자연의학 체계
를 확립, 단식을 의학, 철학의 차원으로 끌어올렸다. 과식하
는 사람의 혈액에는 활성산소가 많고, 활성산소는 모든 병

(암)의 원인이 된다고 했다.

영어로 캔서(cancer)라고 하는 암은 라틴말로 게蟹라는 의미다. 고대 그리스의 의사 히포크라테스의 '암은 게'라는 비유가 그녀는 흥미롭다. 히포크라테스는 '음식으로 못 고치는 병은 약으로도 못 고친다'고 하여 자연치유의 가능성을 설파했다.

'사람은 자연의 법을 따라 살 때 질병은 없다'고 주장한 사람은 우리나라에도 있다. '단식은 반성, 재생, 부활의 기회다. 일단 병에 걸리면 굶어야 산다'는 주장은 해관海觀 선생의 간단명료한 자연치유 셈법이다. 흰 두루마기 차림의 그의 용모는 울룩불룩 무등산을 닮았고, 화순 벌판 율무밭 고랑의 구수한 흙냄새가 풀풀 났다. 손님들이 찾아오면 한옥에서 컬컬한 쌀 막걸리를 즐겨 마시는 천상 자연인이었다. 누구나 몸속에 의사가 있고, 치료의 주체는 환자 본인이라며 그는 몸속의 노폐물을 배출하는 게 치료의 첫 단계라고 역설했다. 즉 마음과 창자를 깨끗이 비우는 게 치료의 첩경이라는 것이다.

한문으로 암癌은 입을 뜻하는 입 口 자가 3개에, 병들어 누울 녁疒, 물건 품品, 그리고 뫼 산山의 합성어다. 쉽게 말해서 암이란 3개의 입으로 산같이 먹어 병이 되었다는 뜻이다. 현대는 시공간 구별 없이 먹거리가 넘쳐난다. 대소 매스컴이 동원되어 전국의 맛집을 소개하느라 호들갑을 떨고 있다. 과거에 못 먹어서 죽었다면 현세는 너무 잘 먹어서 환자가 대량 생산되고 있다고 해도 과언이 아닐 것이다.

암 자에서 입이 3개라는 뜻은, 3개의 입으로 말을 하고 싶어도 산과 같은 장벽이 막아 말을 할 수 없는 상황, 즉 하고 싶은 말을 참으면 스트레스가 쌓여 암에 걸린다는 이치다.

책을 읽으며 그녀는 며느리의 암은 스트레스 쪽일 것이라고 생각한다. 학교에서 발생하는 애로사항을 그녀에게 수시로 토로하곤 했다. 부득이한 경우에는 연가를 내고 학교를 쉬기도 했다. 암 투병 중 유명을 달리한 며느리, 그때의 악몽을 그녀는 지금도 잊지 못한다. 집안 곳곳에 스며 있는 며느리의 그림자에서 자유롭지 않은 그녀는 거의 매일 ○○도서관으로 간다. 지정석이다 싶은 3층 열람실 앞 좌석에 앉으면 마음이 평화롭다. 공부로, 독서로 쏠리는 것은 깊은 슬픔으로부터 그녀 자신을 구원하는 방편이었다. 열심히 공부하는 모습으로 엄마 잃은 손자들에게 모범을 보이려는 그녀 나름의 잠재적 의도인지도 모른다.

폰이 울렸다. 그녀가 배낭을 열고 폰을 꺼내 귀로 가져가는 동안에도 전화벨은 쉬지 않고 울린다.

"할머니 거기 어디예요?"

그녀는 정신이 번쩍 든다.

"할머니 공부 끝나고 집에 가는 중인데 우리 승하 무슨 일 있어?"

"집까지 몇 분 걸리는데?

"글쎄, 넉넉잡고 40분? 그 정도 걸릴 거야."

"나, 배가 고파요. 급식 진짜 맛없어요. 돈가스 나 안 먹어요."

녀석의 허스키한 목소리가 구름 속으로 잦아들 듯 작게 들려왔다.

"승하야! 잠깐만 기다려봐. 너 피자가 먹고 싶은 거지?"

그녀는 승하를 달래놓고 곧바로 딸 인숙에게 전화를 한다. 일하다 뛰어왔는지 인숙의 목소리에 긴장감이 느껴진다.

"알았어요. 엄마! 내가 승하한테 무슨 피자인지 물어보고 집으로 배달 시켜줄게요."

그녀는 수시로 배가 고프다는 승하 녀석이 안쓰럽다. 녀석의 짧은 입맛 탓일까. 아니면 유통기간이 지난 수입농산물로 성의 없이 제조한 급식이 문제일까. 피자의 화려한 삼원색 색감에 홀려서인가. 하긴 생전의 며느리도 피자를 즐겨 먹었다.

"내가 집으로 치즈피자를 배달시켰으니까 조금 있으면 아마 승하가 맛있게 먹을 거예요. 엄마! 걱정 말고 조심해서 집에 가."

딸은 전에도 피자 배달을 시킨 듯, 전화 한 통화로 간단히 해결을 했고 그녀에게 통보했다. 혼자서 피자를 먹고 있을 승하를 상상하며 그녀는 다시 책을 펼친다. 책의 글자가 가물가

물 멀어지면서 지난 일들이 주마등처럼 그녀의 뇌리를 스쳐 갔다. 승하의 전화가 불러온 기억이었다.

대구 ○○병원을 방문하고 KTX를 타고 집으로 돌아오는 길이었다. 폰이 여러 번 울렸다. 단 몇 분, 몇 초 후면 8월 15일에서 16일로 넘어가려는 찰나였다.

"애들 엄마가 갔어요! 지금 막 눈을 감….."

준성은 말을 마치지 못하고 목이 잠긴다.

"내일 날이 밝는 대로 대구로 내려가마!"

할 말은 그것뿐이었다. 가슴 복판에서 불기둥이 치솟았다.

이튿날 새벽 서울역에서 첫 기차를 탔다. 동대구역에서 내려 택시를 타고 ○○병원으로 달려갔다. 넓고 큰 영안실은 많은 친척과 지인들로 북적거렸다. 성당 교우들이 부르는 찬송가 소리가 병원 전체를 우렁우렁 울렸다. 근조 화환이 즐비한 곳을 지나 며느리 영정이 모셔진 방으로 들어가는 순간 그녀는 울컥 목이 메었다. 눈물이 쏟아졌다. 며느리는 웃고 있었다. 아플 때 찍은 사진이었지만 안색이 밝았다.

에미야! 널 붙들지 못해서 미안해! 가엾어라! 서른여덟 어여쁜 생명을 죽음으로 내몰다니! 이 바보야!

위암 수술 후 3년여 동안 '병원 진료에 잘 따라주고, 본인이 관리를 잘해서 다른 부위로 전이도 안 되고 잘 치료되었다. 앞으로는 3개월에 한 번씩만 체크받으러 오라'는 의사 말에 며느리는 폴짝폴짝 뛰면서 좋아했다. 그런데 이게 무슨 날벼락이야?

수면내시경 검사한 그날, 왜 물 한 모금, 미음 한 숟갈도 못 넘기냐고? 못 넘기니까 급히 서둘러 목 밑에 튀어나온 쇠골뼈 아래를 절개하고 호스로 음식물을 주입하는 시늉을 하더니, 다음엔 또다시 스텐트 시술을 해야 한다면서 환자 몸을 만신창이를 만들었잖아. 그래서 음식물이 식도로 내려갔나? 아니잖아. 수술이 아무 소용없게 되자 또 다른 부위를 자르고 자르다가 이젠 목을 쳤구나! 잔인무도한 현대의학!

명성 높은 암 박사, 최신 의료 기술, 값비싼 의료 장비를 어디다 사용했다는 거야? 툭하면 호텔 투숙비에 맞먹는 1인 병실에 가두고, 명칭도 생소한 검사와 검사로 일관한 것이 그게 다 죽음으로 몰고 가기 위한 전략이었어? 아이구! 불쌍해라!

병원에서 더는 어떻게 해볼 수가 없으면 차라리 남편과 두 아들하고 맛있는 것 해 먹고 놀이공원에나 가게 할 것이지. 뭣 때문에 위장을 덜컥 잘라 내냐고? 고치지도 못할 거면서.

아무 승산도 없는 짓거리를 무모하게 자행한 거 아니었어? 병원에 가서 호전한 거 한 개도 없잖아. 이럴 거면 뭣 땜에 돈 싸 들고 병원을 오겠어? 죽음으로 가는 직코스로 축구공 몰 듯 휘몰고 가다가 마침내는 철퇴로 내려친 게 아니냐고.

물조차 넘기지 못하는 환자에게 매일 피 뽑고, 화학약품 처방하고, 최신 의료기 들이대고 안 해도 되는 치료 강행하고, 무자비한 방법을 동원하여 신약 실험한 게 아니었나 의심했다고. 항암 치료 안 받고 집에 가겠다는 환자 붙들고 늘어진 게 대체 누구야?

신체나 훼손하지 말고 그냥 둘 것이지. 고칠 수 없다고 정직하게 손을 들 것이지. 왜 어린 여자를 넝마 조각처럼 찢고 자르고 도려내다 죽여? 피도 눈물도 없는 나쁜 인간들!

그녀가 콧물 눈물이 범벅된 채로 넋두리를 쏟아낸다. 지켜보기만 했던 자신의 무지와 무능이 뼈에 사무친다. 잔잔한 미소를 머금은 영정 사진을 대할 면목도 없다. 고개를 들먹이며 그녀는 끼억, 끼억, 피울음을 토한다.

준성이 그녀에게 다가와 애들이 옆방에 있다고 귀띔했다. 그녀는 흑흑 느껴 울며 옆방으로 가서 문을 열었다. 까만 양복에 검정 타이를 맨, 며느리가 목숨보다 더 사랑했던 8살, 6살 두 꼬마가 거기 있었다.

"승윤아! 승하야!"

그들은 스마트폰 게임에 열중하느라 고개를 들지 않는다.

"애들아! 손님 오셨다!"

준성의 목소리에 형제가 재빨리 스마트 폰을 던지고 그들 아빠를 따라간다. 상관에게 명령을 하달받는 신참 병사처럼 일사불란하다. 자신들의 역할을 스스로 터득한 것일까.

두 녀석이 홀에 나가 문상객에게 넙죽넙죽 절을 한다. 어른들은 어린 상주들의 머리를 쓰다듬고 나서 고개를 돌린다. 마치 못 볼 것을 본 듯이.

주방에서는 문상객들이 들어오는 대로 사람 수효에 따라 떡이며 전, 국밥을 한 상씩 차려냈다. 그 밥을 형제는 쳐다보지도 않고 방으로 들어간다. 시간은 오후로 넘어가고 있었다.

"너희들 밥은 먹었어?"

"나 배고파요!"

승하였다. 배가 고파도 누구에게도 말을 못 하고 참고 있었던가? 그녀의 눈길에 곤혹스러운 빛이 역력하다. 딸 인숙이 폰으로 피자 가게를 검색한다.

"사돈 오셨어 예?"

녀석들의 외조모가 다가와 그녀에게 인사를 한다.

"첫차 타고 오시느라고 요기도 못 하셨을 낀데 예."

"이럴 수가 있나요? 어제도 제가 왔다 갔잖아요. 에미야! 나 왔다! 하니까 두 눈을 크게 뜨고 저를 바라보지 않았습니까?"

"지가 수를 못 타고 난 걸 우야겠습니까?"

애들 외조모의 눈이 허공을 헤맨다.

"드릴 말씀이 없습니다."

"지도 가고 싶어서 간 기 아니란 말입니다. 사돈 말씀대로 그기 오뎁니까? 암환자를 치료한다는 강원도 산에라도 한 번 보내 볼 낀데."

'인류가 풀 수 없는 가장 큰 과제는 질병입니다. 질병에 걸린 사람들 대부분은 병원을 찾지만 대중요법으로는 근본적인 치료가 되지 않습니다. 그러나 기적의 치유가 있습니다.'

기적의 치유란 곧 자연치유였다. 좋은 공기, 좋은 물이 있는 산으로 가서 자연의 일부인 사람이 자연을 의사 삼고 자연에 의지해서 질병을 극복하는 방법, 즉 몸속에 쌓인 노폐물을 제거하고 피를 깨끗하게 하면 무슨 병이든 자연스럽게 낫는다는 명쾌한 논리였다. 일찍이 히포크라테스가 피력한 자연치유 방식이었다.

그녀는 암환자들이 숲속에서 건강을 찾았다는 이야기를 매스컴을 통해서, 또는 지인들의 증언으로 들은 바 있어 며느리에게 세상 인연 잠시 내려놓고 숲으로 가라고 권했다. 공기 좋은 곳에 가서 놀며 쉬며 오직 치료에만 전념하라는 의도였다.

'숲에서는 음이온 피톤치드 등 다양한 생리 활성 물질이 나오고, 숲의 산소 농도는 도심보다 1~2%가량 높다. 숲에서는 인체에 산소의 흡수량을 높이고, 혈중 산소농도도 5~1%로 높일 수 있다고 한다. 청정자연이, 숲이, 산소가 각종 암을 치료한다'는 기사는 좋은 정보였다. 그녀는 지인들이 알려준 자연치유 가능한 곳을 며느리에게 추천해 주었다.

"애들은 어떻게 하고요? 애들하고 함께 지내고 싶어요."

며느리는 학교에서 남의 아이들은 잘 챙겨주면서 제 아이들은 살뜰히 챙겨주지 못한 게 걸리는가. 숲으로 가라는 그녀의 권유를 받아들이지 않았다. 딸만 셋인 친정집에서 자란 며느리는 아들 두 명을 내리 낳고 자랑스러워했다. 어디를 가든 두 녀석을 앞세우고 다녔다.

"에미가 병원과 의사만 담뿍 믿었던 거 아닙니까?"

"저야 사돈 말씀이 옳다고 생각은 했지만서도 즈그 아배가 원캉 반대가 심해놔서 더 말을 몬한기라요. 젊은 여자를 으예 산에 보내느냐고, 씰떼 없는 소리 하지마라꼬 예, 호령을 안 했습니까?"

"이런 원통한 일이 어딨습니까?"

"고정하시고 예. 어여 이리 오셔서 더운 국밥이라도 좀 드시소!"

그녀가 막무가내로 이끌려 방 밖으로 나오니 상이 차려져 있고 커다란 도자기 대접에서 더운 김이 오르고 있었다.

"에미는 먹지도 못하고 갔는데, 저 안 먹습니다."

"쪼매라도 드셔야 견뎌냅니다."

억지로 쥐여주는 숟가락을 손에 들었다. 밥알이 입안에서

애글애글 겉돌았다. 그녀는 밥 대신 질금질금 눈물을 씹었다.

마지막 미사를 드리고 나서 영구차는 화장터를 향해 달려갔다. 묵주와 십자가, 그리고 며느리가 평소에 틈틈이 사경하던 『묘법연화경』을 관 위에 얹어주며 그녀는 극락왕생을 빌었다. 활활 타오르는 불구덩이 속으로 며느리의 관이 들어갈 때 가족들은 아악! 하고 큰 소리로 울부짖었다. 인숙이 얼른 승윤 승하 형제를 데리고 다른 곳으로 피했다.

유골함을 안고 가톨릭 묘지로 향한다. 앞자리에 가족들이 앉자 성당 교우들이 차에 올랐다. 칠곡 가는 길은 한참 멀었다. 가톨릭 묘지는 상당히 큰 규모였다. 야트막한 산언덕에 하얀 비석들이 온 산을 장식했다. 가족들은 순서 차려 유골함을 안치하고 결별 의식을 마쳤다. 사각형의 비석으로 남은 며느리를 두고 해 질 녘이 되어서야 집으로 돌아왔다.

집안에 들어오기 무섭게 승윤 승하 형제는 장롱에서 이불을 꺼내 몸에 두르더니 흐흐흐, 히히히, 괴상한 웃음소리를 지어냈다. 귀신 놀음으로 그들의 지극한 슬픔을 위장하는 것으로 보였다. 어른들이 제지하려고 하면 오히려 더 크게 소리 지른다. 우당탕탕! 안방에서 거실로, 소파로, 베란다로, 마치 서커스 단원처럼 경중경중 뛰어오르고 재주를 넘었다.

세상에 나서 최초로 겪는 비극을 소화하기 어려워서, 엄마가 눈앞에서 갑자기 사라진 것이 믿어지지가 않아서, 녀석들은 몸을 가만두지 못하는가. 어른들은 자신의 슬픔에 겨워서 녀석들을 챙겨주지 못하고 있었다. 산란한 마음을 잡지도 놓지도 못하는 것은 어른들도 마찬가지였다.

"고모! 하늘나라가 어디야? 나도 엄마 따라갈 거야!"

승하가 귀신 놀음을 멈추고 갑자기 정색을 하고 질문했다.

"승하야! 너희 엄마는 하늘나라에 할 일이 있어서 하느님께서 특별히 부르신 거야. 애들은 가는 곳이 아니야."

고모가 하늘나라에 대해서 적당히 돌려서 설명을 해주었다.

"싫어! 싫어! 나는 갈 거야! 으앙! 앙! 나도 엄마 따라 하늘나라 갈 거야!"

두 다리를 뻗대고 승하가 울음을 터뜨렸다. 엄마의 부재를 실감한 것일까. 승하는 울음을 그칠 줄 모른다. 승하의 울음소리에도 승윤의 방에서는 아무런 기척이 없다.

"승윤아! 문 열어도 돼?"

대답을 듣기 전에 방문을 빼꼼히 열었다.

"고모! 나가란 말이야! 나 혼자 있을 거야! 빨리 내 방에서 나가줘!"

승윤 역시 이불을 덮어쓰고 울고 있었다. 인숙이 물러 나와 거실 바닥에 풀썩 주저앉는다.

애어른 할 것 없이 울며불며 고통 속에서 지낼 때 준성은 수녀님의 인도로 며느리 다음으로 성당에서 수개월에 걸쳐 교리 학습을 받았다. 모르면 몰라도 막중한 슬픔을 이겨내려는 그 나름의 몸짓이었을 것이다.

그는 용단을 내렸다. 하늘나라로 간 아내가 노상 눈에 밟히고, 골목 어디에선가 달려올 것만 같다면서 서울로 이사했다. 봄이 오고 새 학기가 시작되었다. 그는 아이들이 엄마의 흔적을 계속해서 보는 게 고역일 거라고 판단했다. 거실 벽과 방에 걸었던 아내 사진을 떼어 다른 장소에 감추었다.

승하가 학교에서 돌아왔다.

"엄마! 엄마!"

현관문을 열면 마주치게 되는 가족사진에서 엄마의 모습을 바라보는 게 승하에게는 유일한 낙이었다. 어? 왜 없지? 책가방을 휙, 던져놓고 승하는 거실을 오락가락한다. 아빠 직장으로 전화를 한다. 승하의 목소리 톤이 높아져 있다. 승하의 떼에 못 이겨 사진 감춘 곳을 가리켜 준 것일까. 승하는 전화를 끊자마자 벌떡 몸을 일으켜 안방으로 들어갔다. 그리고 장롱 서랍을 열었다. 한지로 싼 액자를 발견한다. 승하는 한지를 후루룩 벗겨낸다.

"엄마!"

승하가 엄마를 부르며 사진을 가슴에 안는다. 사진을 들고 거실로 나왔다. 낑낑거리며 식탁 의자를 들고 벽으로 다가선다. 키가 모자랐다. 학교에서 돌아온 승윤이 승하를 도와준다. 이불을 가져와 쌓아 올린다. 형제가 힘을 합하여 사진을 다시 걸었다.

"내가 커서 의사 되면 엄마 병 고쳐 줄 거야. 안 아프게 해 줄 거야. 알았지, 엄마!"

승하는 엄마에게 다짐하고 나서 거실 바닥에 엎드려 숙제를 한다. 일학년 승하는 수학 과목이 어렵다. 다른 친구들은 유치원에서 다 배우고 온 것을 승하는 유치원을 거의 빼먹었다. 엄마가 서울 암 병원에 가는 날 승하도 외갓집 식구들을 따라갔기 때문이다.

대구의 전 가족이 한 번씩 움직일 때마다 환자의 입원비와 검사비 약제비에 더하여 가족들의 체류비까지 보통 000만 원 정도가 깨졌다. 돈이 아니라 물이었다. 물 같이 돈을 펑펑 쓰더라도 며느리가 살아난다면 돈이 문제겠는가.

무엇이든 고분고분 잘 듣던 며느리가 암 고치러 산소 질량이 높은 숲으로 가라는 그녀의 권고는 듣지 않았다. 며느리 사진을 바라보며 그녀가 한숨을 내쉰다.

형제의 일상이 표면상으로 그럭저럭 안정을 찾아가는가 싶을 때였다.

"승하가 친구들한테 엄마 없는 애라고 놀림을 받다가 발차기로 한 녀석을 쓰러트렸나 봐요. 승윤이도 거들었다고 하네요. 자칫하면 큰 싸움이 될 뻔했다고 해서 승하 학교로 가고 있어요."

준성이 녀석들에게 태권도를 배우게 한 것은 발차기로 힘을 뽐내라는 게 아니었다. 걸음걸이가 틀 잡히기 시작하는 서너 살 무렵부터 녀석들은 코치 선생님의 체계적인 지도를 받는 축구 동아리에 참여했다. 전학한 학교에는 축구부가 없어 대신 태권도를 배우게 한 것이다.

"승하는 담임선생님을 잘 만난 것 같아요."

담임선생님을 만나고 왔다는 준성의 목소리는 무겁게 갈앉아 있었다.

그녀는 며느리의 죽음에 대해서 비록 사후약방문이지만 석연치 않은 그 무엇인가를 명확하게 밝히고 싶었다.

대구에서 서울 암 병원에 정기 검사하러 가기 전까지 며느리는 정상이었다. 5끼 식사를 잘 소화시키고, 간식도 시간 맞춰 다른 사람 손 빌리지 않고 스스로 만들어 먹었다. 두 아들과 공룡화석을 보러 체험학습 여행도 가고, 어린이뮤지컬을 보여주기 위해 파마머리에 꽃핀을 꽂고 룰루랄라 서울까지 녀석들을 데리고 올 정도로 심신이 건강하고 활달했다.

첫 번째 문제는 수면 내시경 검사할 때 몹시 통증을 느꼈다는 며느리의 증언이었다. 몇 년에 걸쳐서 늘 하던 사람이 아니고 처음 보는 사람이 검사했으며, 대개는 아픈 줄 모르고 비몽사몽간에 끝나는 수면내시경 검사가 그날은 몹시 아팠다고 했다. 수면내시경 검사 후 며느리는 물 한 모금도 마실 수 없게 된 것이다. 그 점이 가장 의심스러웠다.

암 투병 3년 차에 다른 데 전이도 안 되고 예후가 양호하다면서 이제 석 달에 한 번씩만 체크받으러 오라는 의사의 말은 거짓이었나? 왜 물 한 모금도 마실 수 없는가. 초중고 과정에서 며느리는 일등을 놓쳐본 일이 없고, 대학과 대학원에서도 모범적인 우수 학생이었다. 의사의 말을 잘 못 듣거나 달리 해석하고, 달리 전할 사람이 아니었다.

"양방이 이기적이고 영리 중심이라면 한방은 인간중심 자연치유로 가요. 제가 잘 아는 양 한방 융합병원이 있는데 그쪽으로도 한 번 생각을 해보시면 좋을 것 같아요. 한쪽만 믿고 있다가 저의 엄마같이 되면 안 돼요."

후배의 어머니는 혈액암 투병 중 5년 만에 재발했다고 한다. 후배 동생이 의사였는데도 어머니가 돌아가실 때까지 안 해도 되는 비싼 치료로 돌렸으며, 있는 것 없는 것 다 털렸다고 말했다.

두 번째는 밤에 걸려온 준성의 전화였다. 며느리가 피를 토했다는 것이다. 허둥지둥 암 병원으로 달려갔다. 1인실 병실 바닥은 선홍색의 액체가 흥건히 고여 있었다. 피바다였다.

눈앞이 캄캄했다. 며느리가 살아날 수 있을까. 두려움이 엄습했다. 후배가 일러준 양·한방융합병원을 찾아가 볼 것을, 그녀는 후회막심이었다.

갑자기 피바다가 된 원인은 무엇인가? 내장 손상인가. 혈당 쇼크인가? 의료진은 왜 사전에 예방을 못했는가? 며느리가 살아 있을 때부터 그녀의 뇌리에서 떠나지 않던 검은 의혹들이었다. 3분에서 5분. 의사 회진 시간은 환자 보호자의 단답형 질문도 허용되지 않았다. 형식적이고 의례적인 회진은 철저히 일방통행이었다. 그녀는 그 밤의 '피바다'를 반드시 밝혀보고 싶었다.

세 번째는 의사가 말한 환자의 생존 기간이 맞지 않았다. '항암 치료를 받으면 11개월, 항암 치료를 받지 않으면 생명 연한이 4, 5개월'이라면서 항암치료를 적극 권했다. 그 말 듣고 항암 치료를 감수했지만 더 혹독한 고통을 겪다가 40일 후 며느리는 세상을 떠났다. 차마 눈 뜨고 볼 수 없는 처참한 죽음이었다.

담당 의사는 며느리의 상태를 잘 파악하고 있었던 것일까? 입에서 나오는 대로 무책임하게 내뱉은 예측인가? 환자에 대해 아무런 연민도, 관심도 없는 병원과 의사만 쳐다보고 다른 방법을 찾지 않은 환자 가족의 실수인가?

네 번째는 주치의 옆에 붙어 다니는 인턴 여의사의 폭력에 준하는 거친 언행이었다. 여자 의사는 무엇이 됐든 물어보는 걸 허용하지 않았다. 주치의가 자기 입으로 말하기 거북한 것을 대변하거나 지시하는 것이 전부였다.

"그 병원 미국에서 최고 암 권위자인 J박사를 초빙하면서 건물도 새로 짓고 00억대 의료 장비를 새로 들여왔다고 했어요. 말 듣기로는 표적치료가 각종 검사비보다 비용이 싸게 먹힌다는 거예요. 저는 의사를 변경해서라도 해보는 데까지 해보고 싶었어요."

준성이 단 얼마라도 생명을 연장시켜보려고 의견을 말하면

"어차피 죽을 사람인데 요양 병원으로 옮겨서 링거나 맞으라."

여의사의 고압적인 답변이었다. 말이 아니라 비수匕首고 독침毒針이었다. 단박에 도전적 공격적 언어로 지쳐있는 환자 보호자의 기를 꺾었다. 이는 명백한 갑질 행태가 아닌가.

의사로서의 근본 소양과 자질이 의심스러웠다. 그녀가 암 병원 측에 항의했다. 응답자는 그간의 사연을 세세히 적어 병원에 진정서를 내보라고 권했다. 진정서를 작성하려면 아들 준성의 협조가 필요하다. 직장에 휴직계를 내고 홀로 간병하느라 지칠 대로 지친 아들에게 그녀는 말도 꺼내지 못했다. 그럴 짬도 없었다.

병원에 갈 때마다 결핵에 감염되었다. 혈당 수치가 높아졌다. 폐렴에 걸렸다. 급성 간염에 감염되어 간 수치가 올라갔다고 할 때 그녀는 간이 오그라들었다. 병원에 와서 오히려 병을 키운 꼴이었다. 그때마다 검사하고 이 약 저 약 처방했기 때문에 더 빠르게 건강이 무너진 게 확실하다. 약이라고 해봐야 명칭과 분량만 조금씩 다를 뿐, 몸의 기를 몽땅 빼앗는 항생제 진통소염제 신경안정제가 전부 아닌가. 사람 살리는 게 아니라 사람 죽이는 약이고 검사였다. 자연 치유를 선택했더라면 최소한 신체의 훼손과 난도질은 면했을 것 아닌가.

로빈 쿡의 의학 소설이 떠올랐다. 매 순간 심장이 벌렁벌렁 뛰어서 잠시 숨을 고르고 다시 펼쳐야 했던 『메스』였다. 의사들이 제약회사의 외판원으로 혹은 하수인으로 전락하여 의사와 환자 간의 유대감은커녕 전율, 가공할 일들이 벌어지고 있다는 사실, 기업의 이윤추구에 감시당하는 의료계의 비리와 부정에 과감하게 메스를 댄 미국 현역 의사의 실화 소설이었다.

네다섯 시간에 걸쳐서 먼 지방에서 헐레벌떡 찾아온 환자와 컴퓨터만 들여다보는 치료자 사이에 유대감은커녕 소통조차 안 되는데 제대로 된 치료가 가능한가? 혹 환자가 어떤 부위든 메스를 대 찢고 자르면 돈이 우수수 쏟아지는 돈지갑으로 보인 건 아니었을까? 그래서 의사의 성과금도 상승하는.

입원 당시 57kg이던 체중이 25kg으로 하강, 며느리의 영혼육 무너지는 소리가 들려오는 것 같아서 그녀는 몸서리쳤다. 병원에 온 날 수만큼, 검사 횟수가 잦은 것만큼, 피를 수없이 뽑은 것만큼 사람 형상은 점점 괴물화되어 바닥으로 곤두박질쳤다.

환자의 몸을 소우주로 인식하지 않고 배가 아프면 배, 눈이 아프면 눈, 이런 식으로 그 부분만 치료하는 최첨단 의료체계의 참담한 현실이었다. 예방의학의 중요성을 망각하고 경쟁하듯 거대한 병동을 증축, 전 국민을 환자로 만드는 비정한 시스템이었다. 인간의 몸은 부품을 바꾸기만 하면 끝나는 기계가 아니지 않는가.

"이대로 두면 곧 죽겠어요! 애 엄마가 자꾸 집으로 가고 싶다고 하네요!"

왜 아니겠는가. 집이 얼마나 그리울까. 어른들을 따라서 병원에 온 두 녀석들을 더러 만나기는 했지만 얼마나 보고 싶을까. 죽음에 버금가는 항암 치료도, 독한 약과 각종 검사도 병원에 의료수가를 올려주는 구실 외에 환자 본인에게는 아무 소용이 없다는 걸 며느리는 짐작하고 있었던가. 링거 바늘 빼 버리고 집에 가서 녀석들 손이라도 잡아보고, 몇 밤이라도 함께 보내고 싶다고 애원할 때 죽음이 한 발 한 발 다가오는 것을 며느리의 영혼은 감지했을 것이다.

장맛비가 추적거리며 천지를 적시던 날, 준성은 119를 불러 며느리의 본집이 있는 대구 ○○요양병원으로 갔다. 요양병원 역시 암 병원과 다르지 않았다. 죽어가는 환자에게서 날마다 피를 뽑아갔다. 10CC만 채혈해도 수십 가지의 검사가 가능하다고 하는데 매일 피를 뽑아가는 게 기이했다. 문외한이 보아도 이건 검사용이 아니라 이를테면 계획된 채혈이었다. 며느리의 피는 그 흔한 A나 B형이 아니다. 암환자의 피가 유용하게 쓰일 수 있다는 가정이 터무니없는 망상은 아닐 터이다. 손등에서 팔꿈치까지 시퍼렇게 멍들어 빤한 구석이 없었다. 총성만 들리지 않았을 뿐 그곳 역시 무간지옥, 화탕지옥이었다.

"의무기록부 그것 좀 나를 줘 봐!"

며느리는 애초 S의료원에 예약했다. 암 전문병원으로 변경한데 대한 그녀의 자책감도 간과할 수가 없다. 자책감에서 벗어날 겸 그녀는 대학원 시절 만났던 H변호사에게 의논을 하고 싶었다. 의료과실 전문변호사인 그는 인상 좋고 유머가 풍부해 동학들 사이에 인기가 높았다. 유머를 자유자재로 구사할 수 있다는 것은 풍부한 지식과 인성이 뒷받침될 때 가능하다는 것을 그녀는 알고 있었다. 그를 찾아가 상담하고자 했다. 준성은 그러나 그녀의 상담 제안에 호응하지 않았다. 그는 말했다. 이미 떠난 사람, 두 번 죽이기 싫다고. 소송을 하게 되면 변호사 비용도 만만치 않을 거라면서.

그는 잠자다가 몸을 조금 움직여도 애들이 팔다리에 착 달라붙어 떨어지지를 않는다고 했다. 퇴근 시간이 늦어지면 녀석들이 전화를 불나게 한다면서 녀석들만 아니면 조용한 산사에 들어가 풍경소리 들으며 한 사흘 잠이나 푹 잤으면 더 바랄 게 없다고 했다. 준성의 소원은 오직 잠이었고 그 소원은 시급했다.

숨을 쉴 수 있는 날까지 가족들과 함께 지내다 떠났더라면 이처럼 애석하고 분통하지는 않았을 것이다. 애타는 건 그녀뿐이었다.

보험회사에서 받은 치료비, 며느리의 퇴직금, 준성의 은행 대출금, 며느리 부모님의 과수원 매도한 돈 등, 수억 원이 한 생명을 죽음으로 몰고 가는 견인차가 되었다.

"할머니! 나 배고파요!"

무심한 세월은 더듬더듬 국어책을 읽는 승하를 ○○초등학교 5학년으로 진급시켜 놓았다. 며느리가 하늘나라로 떠난 지 5년이었다. 녀석은 고학년이 되어도 여전히 배가 고프다고 투정했다. 배가 고픈가, 마음이 고픈가, 어쩌면 둘 다 해당

할 것이다.

"배고파서 왔어요!"

책가방을 학교에 둔 채, 혹은 자전거를 타고 승하 혼자서 불쑥 집에 나타날 때가 있다. 어떤 날은 친구들을 대여섯 거느리고 와서 먹을 것을 달라고 떼를 쓰기도 한다.

"승하! 조금 참을 수 있지? 내가 금방 밥해줄게."

동분서주하는 그녀의 손끝에서 번갯불이 튄다.

녀석은 스마트 폰에 코를 박고 있다. 폰에는 녀석의 엄마가 나온다. 온 가족이 부산 해운대로 물놀이 갔을 때 찍은 사진 말고도 폰 속에는 엄마와의 숱한 추억이 내장되어 있다. 그 폰은 본래 며느리가 사용하던 것이었다.

"승하야! 오늘 급식 먹었어? 안 먹었어?"

"안 먹었어요. 우유 먹으면 배 아파요. 빵도 존나 맛없어요!"

승하는 젖배를 곯아 찬 우유를 잘 소화시키지 못한다고 며느리에게 들은 적이 있다.

"배고픈데 조금만 먹지…."

"컵라면 하나 사 먹으면 되는데!"

녀석은 피자 대신 컵라면을 들먹인다.

오래전 그녀는 불광동 약수터 올라가는 큰길 양쪽으로 국민주택이 촘촘히 들어선 그 동네에 자취생으로 살았다. 주인

집은 방이 3개였고 큰 방은 주인 부부, 사랑방은 할아버지와 손자 경호, 그리고 문간방에 그녀가 세를 들었다. 넓지도 좁지도 않은 마당에는 경호 키만큼 자란 사철나무 한 그루뿐으로, 그나마 푸른 잎새를 집안에서 볼 수 있어 덜 삭막했다고나 할까. 그런데 정작 삭막한 것은 마당의 사철나무 때문은 아니었다. 나이 보다 겉늙어 보이는 주인 남자의 술타령이었다. 할아버지는 이른 새벽 약수터를 찾는 사람들에게 차―커피, 생강차, 인삼차 등을 팔러 망태기에 이것저것 담아 걸머지고 집을 나가면 저녁에나 돌아왔다. 여덟 살 경호는 밥을 먹고 학교를 가는지 굶고 가는지 늘 아시시했다. 주인 남자에 비해 앳되고 고운 주인 여자는 치맛자락에서 찬바람이 휙, 휙, 돌았다. 경호 엄마가 사고로 세상을 뜨자 아무런 절차 없이 경호네로 들어와 살게 되었다고 이웃사람들이 쑤군거렸다. 마치 콩쥐 계모의 환생을 보는 듯했다. 얼마나 매섭고 쌀쌀한지 경호만 까무러치는 게 아니라 어쩌다 마주치는 그녀도 엄동설한에 얼음물을 맞은 듯 정신이 얼얼했다.

그녀가 K대학 근처에 방 한 칸을 빌어 이사 갈 때까지 경호 새엄마는 눈에 쌍불을 켜고 으르렁거렸다. 경호에게 가끔 먹을 것을 나누어주고, 어떨 때는 데리고 나가서 자장면을 사준 것에 대해 중죄인 다루듯 그녀를 다그쳤다.

캐나다에서 귀국한 작곡가 친구의 파이프 오르간 연주회

가 열리던 날이었다. 동창 친구들과 세종문화회관으로 가기 위해 횡단보도를 건너는데 꼬마 거지가 따라와 그녀에게 손을 내밀었다. 수삼 년을 물 구경을 못했는지 온몸에서 때꾸정물이 찰 찰 흘렀다. 남루한 옷은 더 볼 것도 없었다.

"아니 너! 경호 아니냐? 경호 맞지 네가 여기 웬일이니?"

그녀가 그를 알아보자 경호는 뒷걸음을 치며 도망갔다. 계모를 못 견뎌 가출한 경호는 어떻게 살고 있을까? 그 조그만 아이가 살아 있기는 한가? 파이프 오르간 연주회를 포기하고 경호에게 자장면이라도 사줄 것을. 그녀가 후회하는 두 가지가 있다. 크게는 며느리를 잣나무 숲속의 암환자 치유센터로 데려가지 못한 점. 작게는 경호에 대한 것이다.

경호의 예를 돌아보더라도 손자들의 새엄마는 신중을 기해야 할 것이었다. 어질고 심덕 좋은 녀석들의 새엄마를 위하여 그녀는 쉬지 않고 기도한다. 녀석들의 일상도 살펴줘야 한다. 그 과제가 그녀에게 결코 가볍지 않다.

며느리 제삿날이다. 열사흘 달이 스러지자 창밖은 깊은 밤이다.

아들은 시간을 확인한 후 반야바라밀다심경이 그려진 병풍을 거실로 옮겨온다. 교자상을 펼쳐놓고 영정 사진을 모셔오자 할아버지는 향을 깎아 향로에 담고 성냥을 켠다. 향냄새가 실내에 퍼진다. 제주祭酒를 주전자에 붓는다. 고모가 제기에 과일과 나물 종류를 담아내면 형제가 거실로 나른다. 그녀는 탕국을 끓이고 재를 새로 지었다. 며느리가 즐겨 먹던 치즈피자와 바람떡도 담아낸다. 동서양 음식이 나란히 상에 올랐다.

"아빠! 왜 이렇게 많이 만들었어? 하늘나라에서 엄마도 배가 고파?"

배가 고프다고 자주 하소연하는 승하가 아니라 승윤의 질문이다. 승하처럼 보채지는 않았지만 승윤도 노상 배가 고팠던 것일까.

"승윤아! 하늘나라에서는 우리처럼 밥을 해 먹지 않는대요. 오늘은 우리가 이렇게 맛있는 음식을 장만해서 엄마를 초청하는 거란다."

고모가 대답을 대신한다.

"와! 엄마가 오면 좋겠다. 그런데 우리가 이사 왔는데 엄마는 어떻게 오지?"

승하의 질문이 진지하다.

"엄마는 하늘 바람을 타고 오셔요. 엄마에게 절할 때 너의 눈에서 눈물이 나잖아. 바로 그때 엄마가 하늘 바람을 타고 너에게 오신 거란다. 엄마 많이 드세요. 그리고 편안히 가세요! 그렇게 기도해 알았지?"

고모가 차분히 일러주었다.

'엄마! 좀만 기다려줘. 내가 의사 돼서 엄마 병 다 고쳐줄 거야.'

할아버지가 따라 주는 술잔을 받아 올린 다음 승윤은 엄마에게 맘 속으로 희망을 전한다. 승윤은 진즉부터 의사가 되는 꿈을 꾸고 있었던가.

"엄마! 배고프면 언제든지 집에 와. 엄마도 우리와 함께 피자를 먹으면 돼!"

승하의 허스키한 음성이 밤의 정적을 깼다. 어디선가 '밥상이 약상이여' 하는 자연인 해관海觀 선생의 걸걸한 음성이 들려오는 것만 같았다.

그녀가 현관문을 닫았다. 온 집안에 한밤의 고요가 내려앉는다. 하얀 재를 날리며 위로 올라가는 소지燒紙를 따라 가족 모두의 슬픔이 점점이 흩어져갔다.

'치료 약은 모두가 독이며 따라서 먹을 때마다 활력을 떨어뜨린다. 자연에 맡기면 저절로 회복할 것으로 보이는 많은 환자들을 서둘러 묘지로 보낸다.' (뉴욕 의과대학 알론조 클라크 교수)

소울 메이트

―인간의 영혼은 물과 같아서 하늘에서 왔다가 하늘로 올
라가고 다시 지상으로 돌아오니 그 왕복은 영원하도다
　　　　　　　　　　　　　　　　　　　　　　　―괴테―

　산은 험준하고 드높을까. 멀고 가파른가. 그렇다 해도 지
레 겁먹을 필요는 없을 것 같다. 겁을 먹을 정도로 높은 산이
라면 대한민국의 한 변방, 경기도 서북부 일산 쪽에 위치한
산이라고 진즉에 소문이 났을 것이다. 일단 가보는 것, 현장
에서 몸으로 느끼는 것, 그것이 중요했다.

　'일산동과 성석동 사이에 위치한 산(해발 208M). 고구려,
백제, 신라가 서로 각축을 벌이던 곳으로 일명 테미산으로도

불리운다. 일산구에서 가장 높은 산이며 인근에 홍이상 묘, 어세공 묘 등의 문화재가 위치해 있다. 백제 미녀 한주가 달을성현達乙省縣에 있는 봉우리 정상에서 봉화를 올려 고구려 안장왕을 맞이했다 하여 고봉, 고봉산이라는 이름이 되었다.'

희주는 간단한 검색으로 대강 그 정황을 살펴볼 수 있었다. 고작 208m밖에 안 되는 나지막한 산에 높을 고高 자를 차용했다고 한다.

높은 산은 적어도 해발 7, 8백 미터 이상 되는 높고 큰 산. 널리 알려진 지리산이라든가 대둔산, 태백산, 금강산, 설악산, 소요산, 주왕산, 한라산, 대개 그런 정도에 버금가야 할 것으로 알았다.

고봉산을 무대로 한, 국적이 서로 다른 청춘남녀의 로맨스일 것이라는 추리가 가능했다. 흠! 대담하군. 삼국시대에도 국제결혼이 행해졌다는 거 아냐. 하긴 산 하나, 강 하나만 건너면 다른 나라였을 테지, 그래서 어쨌다고? 희주는 그 다음이 궁금했다.

글자가 품고 있는 더 깊은 뜻은 무엇일까. 사람이나 자연풍물이나 간에 처한 위치와 이름자는 결코 무의미하지 않다. 성경에는 구역과 경계를 하나님께서 정하신다고 했다.

"지극히 높으신 자가 민족들에게 기업을 주실 때에, 인종을 나누실 때에, 이스라엘 자손의 수효대로 백성들의 경계를 정하셨도다."(명 32.) "인류의 모든 족속을 한 혈통으로 만드사 온 땅에 거하게 하시고 저희의 년 대를 정하시며 거주의 경계를 한정하셨으니~"(행전 17 : 26).

지극히 높으신 이의 뜻이 있어야만 한다. 사람들이 아무 데다 멋대로 둥지를 트는 이치가 아닌 것이다. 그뿐 아니다. 한자漢字 한 글자, 한 글자에는 크게는 우주 변화의 오묘한 원리가, 작게는 예부터 전해오는 어떤 사연이나 역사적 진실이 함축되어 있다고 희주는 믿었다. 백제의 미녀 한주와 고구려 안장왕의 사랑의 현장이 되고 난 후에 나지막한 산을 높을 高를 붙여 고봉산이라 부르게 되었다는 것은 자못 흥미로웠다.

희주는 혜영과 함께 집을 나섰다. 더운 날씨였다. 꽃샘추위가 기승을 부리고 난 끝에 더위가 기습적으로 덮쳐왔다. 오존층이 파괴되었다나. 대기가 불안정하다나. 기상청은 때 이른 더위가 기승을 부리는 이유에 대해 중언부언 보도했지만 기상예보는 아무래도 좋았다. 희주는 비가 내린다고 해도 산행을 단행할 계획이었다.

버스에서 내리자 바로 맞은편에 산이 보였다. 그 산이 고봉산일 거라는 짐작이 갔다. 산은 언뜻 보아도 수긋하니 편안

해 보였다. 어느 한 시대 이곳에서 행복한 삶을 꿈꾸었을 법하게 푸근하고 끌리는 구석이 있는 산이었다. 그 산을 향해 걸음을 옮겼다.

얼굴에 닿는 햇볕이 데일 듯 몹시 따가웠다. 가로에는 심은 지 얼마 되지 않은 어린 플러터너스가 드문드문 서 있지만 그늘을 드리우지는 못한다.

큰길을 벗어나자 산으로 올라가는 코스는 금세 드러났다. 그 길은 한 방향으로만 연결된 게 아니었다. 세 갈래 네 갈래로 구불구불 뻗어있었다. 어느 길로 가야 할지 몰라 잠시 우왕좌왕한다.

한 무리의 등산객이 다가온다. 그들은 등산에 필요한 배낭, 장갑, 모자, 지팡이, 등산화를 완벽하게 갖추었다. 무작정 그들을 따라갔다. 사람 두 명이 걷기엔 옹색해 보이는 좁은 길이었다.

돌계단을 오른다. 크기가 제각각인 돌계단은 시간이 제법 걸렸다. 돌계단을 겨우 올라와 보니 앞서 걷던 등산객들이 어느새 저만치 멀어져 갔다. 그들의 발걸음은 경쾌하다. 흡사 바람 같다. 돌계단 양옆으로 조팝꽃이 가느다란 가지에 밥풀 같은 꽃을 무수히 달고 있다. 조팝꽃이 거의 질 무렵이면 세상은 온통 초록으로 가득 찰 것이다.

"천천히 가자. 숨이 차다."

혜영은 산의 초입에서 힘들다고 한다. 신병 치료차 집을 떠나 먼 산골에서 한 달 이상 단식을 했던 탓이다. 단식원의 지시대로 산야초 효소니 감잎차, 죽염 따위를 섭취했다고 해도 그 정도의 섭취가 그녀의 체력 유지에 별 도움이 되지 않은 것 같다.

그녀는 단식원에 가던 날 바로 그곳을 나오고 싶었다고 했다. 자연환경을 빼고는 모든 것이 생소했고, 오래 병치레를 겪은 것으로 보이는 생면부지의 환자들 속에 끼어들기가 꺼려졌다는 것이다.

하루 이틀 금식을 하다 보니 점차 심신이 무력해졌다. 연속되는 설사로 머릿속이 완전 진공상태로 돌입, 마음과는 달리 몸이 말을 듣지 않았다. 그곳에서의 체류를 방임하는 쪽으로 내처 흘러갔다.

굶는 것도 하루 이틀이다. 식량을 조달할 수 없는 극한상황, 전쟁이나 천재지변도 아니었다. 남녀노소를 불문하고 비움의 미학을 주제로 건강 교육이 진행되는 특수한 곳으로 혜영이 큰맘을 먹고 간 것이었다. 하루 세끼, 열흘, 한 달, 심지어는 백 일을 굶어야 하는 것이다. 뚱뚱보가 한 달을 굶어 20킬로그램 감량했다면 그것은 빅 뉴스였다.

단식원에서는 필수적으로 누구나 하루 세 번 마그밀을 복용한다. 그것은 몸속의 노폐물을 배출시키는 작용을 한다고 했다. 또 은박지 봉지를 뜯으면 그 안에 채송화 씨처럼 작고 새까만 알약이 서른 개 정도 들어있다. 그 냄새는 결코 향기롭지 않다. 한입에 얼른 털어 넣고 물을 한 컵 마신다. 기도에 걸려 잘 넘어가지 않을 때는 물 한 컵을 더 마신다. 결코 먹기 쉬운 물질이 아니다.

"아, 어떻게?"

위 전체를 적출한 말기 암 환자였다. 나이 사십도 채 안 돼 보이는 그녀는 새까만 알약이 단 한 개도 목에서 식도로 넘어가지 않는다고 울먹였다. 그녀는 주방에서 큰 숟갈을 얻어와 알약을 숟갈에 갈았다. 힘이 달린 듯 그녀는 돌아앉아서 눈물을 찍어낸다. 그녀를 애처롭게 여긴 룸메이트가 작은 절구를 구해왔다. 그 알약을 작은 절구에 콩콩 찧은 후 물에 불려 입에 넣고 오물오물 삼키게 했다. 채송화 씨보다 약간 크거나 작은 그것 또한 몸속의 노폐물을 제거하는 물질이었다. 모든 병의 치료는 장 청소가 우선이었다.

희주의 큰 키가 점점 멀어진다. 희주 그림자가 멀어짐과 동시에 얼핏 혜영의 눈에 큰 바위가 보였다. 희주가 꿈에 보았다는 바위일까. 산으로 깊이 들어가면 갈수록 바위가 숱하게 널려 있다. 바위 사이에 소나무 여러 그루가 숲을 이루었다. 혜영이 들마루처럼 넓적한 바위에 풀썩 주저앉는다.

후— 후—

긴 숨을 내쉬면서 이마의 땀을 닦는다. 닦을 때 뿐 땀은 연신 흘러내린다. 바람이 불면 또 으스스 몸에 한기가 난다. 더웠다가 추웠다가를 반복하느라 절절맨다.

단식원에 가기 전 혜영의 일상생활은 표면으로 정상이었다. 병원의 각종 검사결과에서도 뚜렷한 병명은 나오지 않았다. 이름 붙이면 그대로 병이 되었다. 이른바 병원마다 의사마다 그들의 전공이나 취향에 따라 상이한 병명을 지어 붙였다, 약 처방도 가지각색으로 그야말로 이현령비현령耳懸鈴鼻懸鈴이었다.

"엄마! 괜찮겠어?"

희주가 돌아본다.

"글쎄다. 다리가 막 떨린다!"

바람이 혜영의 언어를 앗아간 듯 발음도 어눌하다.

물병에는 한 모금의 물도 남아있지 않다. 고개를 돌려 샘물을 찾는다. 샘물은 고사하고 음료수를 파는 가게도 없다. 산속에서 음료수 가게를 찾다니. 찾는 사람이 바보다.

희주에게 이번 산행은 어떤 의미인가. 혜영은 희주의 재촉에 못 이겨 따라나서기는 했다. 완만하여 오르기 쉬운 산이기는 하되 어디까지 오를 수 있을지는 자신이 서지 않는다.

"엄마, 너무 힘들면 다음에 다시 올까? 오늘은 그냥 위치만 파악하고 가고?"

희주가 선심 쓰듯 말했다.

단식원 카페에는 우리 민족 전통의 자연치유 방법으로 10박 11일 동안 건강 교육을 실시한다고 명시되어 있었다. 단식원 원장도 전화에서 그렇게 말했다. 그곳에 도착하여 곧바로 금식, 단식에 들어간다는 말은 누구도 하지 않았다. 혜영은 교육 잘 받고 집에 돌아와 그대로 실천하면 될 것이라는 가설에 의지했다.

일정 교육 기간이 종료되어 집에 가겠다고 하자 단식원의 원장은 극구 만류했다.

"굶어야 병 낫는다. 더 굶어야 산다, 살고 싶거든 여기 머물러라."

그 말을 귀에 못이 박이도록 들었다. 전생에 너무 잘 먹은 사람은 이생에 와서 무조건 굶어야 한다는 게 단식원 원장님의 단순 명쾌한 결론이었다. 전생에 유복하게 호의호식 잘 살았으나 빈자의 형편을 살펴주지 않아 큰 업보를 짊어지고 왔다는 것이다. 전생에 잘 먹은 게 병의 원인이라는 단식원 원장의 말은 어디에 근거한 것인가. 수 억겁의 세월 속에서 어느 전생에 해당한단 말인가.

혜영은 전생에 잘 살았는지 무엇을 얼마나 잘 먹었는지 전혀 아는 바가 없다. 원장의 말에 반신반의하면서도 단식원의 프로그램을 묵묵히 따를 수밖에 없다.

그날은 새벽부터 연속 전화가 왔다. 집에 일이 생겼으니 빨리 돌아오라는 전화였다. 단식원 사무실로 전보도 왔다. 발신인은 희주였다. 급한 일에 대한 구체적인 사안을 밝히지 않았다. 단식원의 맹훈련으로 혼이 나간 혜영에게 그것은 복음이었다.

그녀가 강제 금식에 몰두하는 사이 천지는 봄기운으로 가득 찼다. 처음 올 때 보았던 잔설 대신 무등산 자락 온 산야에 매화꽃이 흐드러졌다. 율무밭 너른 고랑에는 벌금자리와 참냉이가 파랗게 돋아나고 마늘밭은 벌써 쫑다리가 올라왔다.

그녀는 타의에 의해 집에 돌아올 수 있었다. 집 떠난 지 33일 만이었다. 자칫 장기 금식으로 연장될 뻔한 것을 중단케 한 직접 동기가 되었다.

집에 돌아온 그녀는 기진맥진이었다. 희주의 요구를 얼른 수락할 수 없었다. 이번 주말에는, 다음 휴일에는 하면서 자꾸 연기되었다. 고봉산행은 그렇게 5월로 넘어간 것이다.

단식원에 가기 전, 반야사 문수암을 하루 몇 번씩 오르내렸다. 그랬다. 까마득하게 높고 험한 백화산 반야사, 백화산 벼랑에 지어진 문수암 가는 길은 매우 가팔랐다. 힘들기는 해도 앞선 사람의 운동화 뒤꿈치만 바라보면서 무난히 잘 따라

갔다. 문수암에 올라 내려다보던 석천 그 너머 빛나던 저녁노을, 동서 사방에서 불어오는 상쾌한 바람. 그녀는 그 시절이 사무친다.

혜영은 바위에서 몸을 일으킨다. 고개를 들어 산을 올려다본다. 산의 더 높은 곳을 향하여 발걸음을 옮긴다.

태산이 높다하되 하늘아래 뫼이로다
오르고 또 오르면 못 오를리 없건 만은
사람이 제 아니 오르고 뫼만 높다 하더라.

산에 오르기 싫은 사람의 이야기인가. 올라가지도 않고 아예 주저앉은 게으름뱅이 푸념인가. 그녀는 왜 하필 양사언의 시조가 머릿속에 스쳤는지 아리송하다.

지혜의 화신이라는 문수동자에게 기도드리면 학생들은 공부가 잘되고, 누구나 소원 한 가지는 틀림없이 이루어진다는 전설이 전해지는 영험한 기도 터, 삼월 삼진부터 사월 초파일에 이르도록 반야사 산비탈에 누각처럼 걸쳐 있는 문수암에 올라 그녀는 온 밤을 선정으로 지새웠다. 기도의 핵심은 오로지 희주의 결혼에 집약되어 있었다.

백화산은 해발 933M로 백화산 문수암 가는 길은 석천을 끼고 구불구불 오르다가 행여 발을 잘못 내디디면 저 아래로 굴러떨어질 위험이 8.90%였다.

 '조선 시대 세조가 속리산 복천사에 9일 동안 머물며 법회를 열고 나서, 훈민정음 제작에 동참한 신미대사의 청을 받아 중창을 마친 반야사를 들렀다고 한다. 절집을 둘러보던 세조 앞에 문득 사자를 탄 문수보살이 나타나서 왕을 이끌고 물이 솟는 영천(靈泉: 석천)으로 인도했다. 세조는 문수보살이 시키는 대로 영천에서 목욕을 한 뒤에 씻은 듯 피부병이 나았다'고 옛 문헌에 전한다.

 세조의 피부병을 고친 문수보살 전설은 혜영의 지극정성을 무색하게 했다. 아니 무색하게 하는 장본인은 희주였다.
 "나는 소울 메이트를 찾고 있어요!"
 희주의 결심은 강고했다. 희주가 밤낮으로 들고 다니는 책은 영적 차원이 높은 사람들이 저작한 '람타, 지중해의 성자 다스칼로스, 티베트의 지혜, 무탄트 메시지, 우주 변화의 원리, 술 취한 코끼리.' 등 ○○사에서 나온 책이 대부분을 차지했다. 희주는 그들 서적에 몰입하면서 소울 메이트의 환상에 푹 빠진 것 같았다. 꽤 괜찮은 후보자를 보여주어도 노상 코웃음이나 쳤다.
 언제 어디서 나타날지도 모르는 영혼의 동반자, 소울 메이트에 기대를 걸고 희주가 생떼를 부린다고 그녀는 생각했다. 누구든 한 생애에 한 사람, 많아야 두세 사람의 소울 메이트를 만난다는데 희주에게 진정한 소울 메이트가 나타날지 그것도 의문이었다. 종교, 인종, 지역, 사회적 지위와 지적 수준, 문화적 배경과는 별개라는 소울 메이트. 그것은 전적으로 운명의 소관이라 하지 않던가. 영적 진화 정도에 따라서 만나는 즉시, 직관으로 오랜 친밀감과 유대감이 전해진다는 소울 메이트. 희주가 소울 메이트 환상에 젖어 있는 한 문수암에서 기도해서 될 일이 아니라는 것을 그녀는 인지했다. 희주에게 더 이상 선을 보라고 권하지도 않았다.

몇 그룹의 등산객이 날렵하게 지나간다. 이따금 울어대던 산새들도 어디론가 날아가 산속은 한순간 고요가 흐른다. 나무 그늘 아래 오롯이 피어 있는 이름 모를 산꽃들이 청초하다. 지난가을 떨어진 솔잎이 썩고 썩어 작은 꽃 뿌리에 정기를 보태주었던가. 연두도 남색도 아닌 꽃 색깔이 애잔하다. 시든 꽃잎 몇몇을 달고 있는 진달래 나무도 여럿 보인다. 열아홉 순정 같은 선명한 분홍빛은 사라지고, 꽃 진 자리에 초록 잎들이 희망처럼 솟고 있다.

혜영은 걸핏하면 먼 곳으로 옮겨가는 시선을 한곳으로 모은다. 두 다리에 힘을 주고 큰 숨을 토해낸다. 산길은 오르기 힘들 정도로 험하지는 않았다. 체력이 소진한 게 안타까울 뿐이다. 그녀의 신체 지수가 바닥을 맴돌고 있다.

그녀는 항상 정상체중을 유지했다. 당뇨니 고혈압 같은 성인병도 없다. 다만 가끔 감기가 든다든지 치아가 욱신거리거나, 눈이나 귀가 아플 때, 병원에서 처방해준 약을 복용하면 어김없이 복통이 따랐다. 쉽게 말하자면 항생제 과다복용으로 인한 복통으로 볼 수 있었다, 약을 끊어도 복통은 가라앉지 않았다. 수년 전에 시행한 대수술 후유증이 여태도 그녀를 괴롭히는 것일까. 배가 아파지기 시작한 것은 그때부터였다.

큰 병원 작은 병원, 한방병원을 다 순례한 끝에 지푸라기라도 잡는다는 심정으로 두들긴 게 단식원 교육이었다. 칼을 대지 않고 수술한다는 전통 의술, 자연치유에 관한 건강 교육 소식은 MRI, CT, 초음파, 복부 내시경, 잦은 채혈 등, 각종 검사로 지친 그녀를 솔깃하게 했다. 건강 강의, 교육 프로그램을 선호하는 그녀의 선천적 체질도 일종의 말썽 인자因子에 다름 아니었다.

"산에 왔으니까 맑은 공기 맘껏 마시고 가자!"

희주가 말했다.

"그래. 우주의 기氣를 흠뻑 받아가지고 가자!"

그녀가 희주의 말에 공감을 표했다. 누구에겐가 사랑을 고백하고 싶은 푸른 오월. 그 푸른 빛 오월에 건강에 대한 소망을 몽땅 건 사람처럼 그녀는 심장이 벌렁벌렁 뛰었다. 땀도 주체할 수 없이 흘러내린다.

양손에 지팡이를 든 사람들이 휙! 경쾌한 바람을 일구며 앞지른다. 등산 경력이 꽤 되는 날렵한 동작이다. 그들의 기척에 산새들이 푸드덕! 날아간다.

그녀가 단식원에 머물 때였다. 희주는 문자를 연거푸 보내왔다. 꿈을 꾸었다고 했다. 꿈의 내용으로 보아 고봉산이 자신의 전생과 연관이 있을 거라는 예감이 든다고 한다. 무슨 예감씩이나. 그녀는 화가 난다. 희주가 자신의 결혼에 대해서 까탈을 부린다고 여겼다. 친구 자녀들이 쉽게 결혼하는 것을 지켜보노라면 부러웠다. 일찍 결혼하여 중학생 아들을 둔 친구 딸을 보면서 그녀는 남몰래 가슴을 쓸어내렸다. 좋은 신랑 만나서 알콩달콩 사는 것보다 더 값진 일이 있을까. 자연의 법칙은 음양의 조화에 있다고 하지 않던가.

꿈속에서 메시지를 받았다고 한 것 같다. 높을 고, 봉우리 봉, 산 이름까지 한자로 또렷이 나타났다는 것이다. 특별한 것은 희주의 꿈속에 웬 남자가 나타났다는 사실이었다. '꿈속에 남자?' 희주의 '남자'라는 말에 혜영은 반가움이 솟았다. 그 부분에서 강한 호기심을 드러냈다. 더 망설이고 늦출 일이 아니었다. 33일 단식으로 피폐한 몸을 이끌고 산에 올라온 것은 큰 사건이었다. 운 좋게 희주의 천생연분을 만나는 행운이라도? 막연하지만 그녀는 간절했다.

조금 걷다가 다시 바위에 주저앉는다. 골짜기 곳곳에 바위가 많아서 다행이었다.

"엄마! 꿈이 이상해! 산이 있고 천년 된 사찰이 보였어."

희주의 얼굴에 진지한 표정이 어린다.

"꿈에 본 그 산에 소나무와 큰 바위가 많았어."

희주는 고봉산 노래를 쉬지 않고 불렀다. 살고 있는 집에서 가깝고 높지 않은 산, 언젠가 와 본 듯 그 이름이 낯설지 않았다. 고봉산은 그렇게 그녀에게 다가왔다.

동서사방에서 비밀한 바람이 불어와 목화솜처럼 전신을 싸안는다. 바람의 갈피에서 희주는 모종의 음향, 둥! 둥! 둥! 산하를 울리는 북소리를 듣는가. 북소리와 함께 훨훨 타오르는 불꽃의 향내를 맡는가. 희주가 흠칫! 몸을 떤다. 알 수 없는 설렘과 두려움이 영혼을 휘감는다. 태곳적 신비를 간직한 고봉산의 상서로운 기운이 작용하는가. 그저 잠시 잠깐의 환각인가. 희주는 그 밤의 꿈을 다시 더듬는다.

혜영은 한참 뒤처져서 허위허위 올라오는 중이다. 산바람 솔바람이 등을 밀어주고 있다. 오직 바람이다. 그녀를 떠받쳐 주는 것은.

희주가 굳이 혜영을 동반한 것은 꿈에 대한 해석과 평가를 기대한 이유다. 지난날 경험에 의하면, 흔히 별것 아닌 꿈이라 해도 혜영은 한 편의 동화를 엮듯 그럴싸하게 풀이했다.

꿈의 내용에 대해서 자세히 이야기하지 않았다. 고봉산을 암시하는 꿈을 꾸었다는 단편적인 것 외에는. 자칫하면 나이 든 처녀의 엉뚱한 몽상으로, 핀잔이나 들을 정도의 망설妄說이 될 소지가 있기는 했다. 하지만 전에 꾼 꿈들과는 내용 면에서 대조적이었다. 허접스런 꿈은 아닐 거라는 확신이 섰다.

희주가 돌연 가던 걸음을 멈춘다. 안내표지판 앞이었다. 어떤 그림자가 시야를 가로막은 듯, 잠시 서 있다. 곧 안내표지판 앞으로 다가간다. 두 팔을 활짝 펼치고 심호흡을 한다. 눈을 들어 하늘을 올려다본다. 산 정상에 오래된 사찰이 나타난다.

'아, 절이 있었지. 누군가와 말을 나눈 것 같은데….'

희주는 한동안 부동자세로 서 있다. 꿈이 시작된 초봄으로 거슬러 올라간다. 혜영이 산골 두메 단식원, 민족생활교육원을 찾아 집을 떠난 날 밤이었다. 꿈을 깨고 나서 그녀가 곁에 없다는 걸 실감했다. 절망스러웠다. 희주가 이처럼 희한한 꿈은 꾸어본 적이 없다. 처음이었다.

새벽 3시.

전화가 울린다. 희주였다. 방안은 소등을 하여 지척을 분간하기 어렵다. 이불을 뒤집어쓴 채로 숨을 죽여 혜영이 희주와 통화한다.

"무슨 일이니?"

전화 받기 어려운 사정을 표현하려는데 말은 퉁명스럽게 나왔다.

"있지? 엄마!"

희주의 서론이 애매하다.

"해 뜰 때 전화 다시 해줄 수 없겠니?"

전화를 끊었다. 두 번째 풍욕을 알리는 안내방송이 나오고 있었다. 그녀는 풍욕의 11가지 동작에 익숙하지 못하다. 풍욕이란 이름 자체가 생경하다. 대중탕도 잘 가지 않는 그녀에게 어둠 속에서지만 알몸으로 시행하는 풍욕이란 과목은 지극히 부담스러웠다.

창문과 출입문을 활짝 열어놓으니 얼마나 오싹 춥고 벌벌 떨리던가. 마을 가까이 내려앉은 북두칠성을 만나는 건 신기했지만, 얼음을 머금은 칼바람이 피부를 타고 뼛속으로 스며들었다. 풍욕이 끝났다고 단 5분도 따끈한 온돌에 몸을 눕힐 수도 없다. 곧 냉온욕 시간인 것이다.

먼저 찬물에 몸을 헹구고 나서 냉탕에 10분 동안 들어간다. 이가 딱딱 부딪히게 전신이 떨린다. 얼음물 고문이었다. 그다음 온탕에서는 언 몸을 녹이고 잠시 숨을 돌린다. 섭씨 40도의 온탕은 금세 냉탕으로 변한다.

머릿속이 하얗게 비어가는 것 같다. 머리를 두 손으로 잡고 그 자리에 선다. 핑그르르 어지럽다. 기력이, 아니면 시력이 뚝 떨어진 것인가. 사물이 안 잡힌다. 그녀는 욕실 바닥에 주저앉는다.

"어디 안 좋으세요?"

환자 동료들이 물었다.

그녀가 냉온욕을 중단하고 욕실을 나온다. 방으로 기듯이 들어와 몸을 눕힌다. 이내 혼수에 빠진다. 전화벨이 울린다. 그녀는 아무 소리도 듣지 못한다.

우르르르, 복도를 밟는 발소리. 방문이 열리고 후다닥 뛰어 들어오는 사람들, 냉온욕을 마치고 돌아온 환자들의 소란에 그녀가 눈을 뜬다.

전화벨이 연속 울린다. 전화기를 귀로 가져간다.

"엄마! 고봉산 알아?"

"나 지금 많이 어지러워!"

통화는 더 이어지지 못하고 끊어진다. 더 무엇을 답하고 물을 기력도 동났다. 혜영은 희주와 함께 그 산을 올라가고 있는 것이다.

안내표지판은 세 갈래길 중앙에 가로세로 넓게 자리를 차지하고 있었다. 희주는 고개를 약간 숙인 자세로 눈은 감고 있는 것 같다. 땅속에서 어떤 물체가 올라와 두 발을 휘어잡은 것인가. 둥! 둥! 둥! 울리는 북소리, 천지를 진동하는 함성과 함께 활활 타오르는 횃불이 보이는가. 희주의 두 손이 부르르 경련을 일으킨다. 선 채로 열반에 다다른 수행자의 형상 같다.

혜영이 안내표지판 앞으로 다가왔다.

"저 위에 절이 보인다. 거기 가서 감로수나 좀 마시자!"

한 모금의 물이 급하다. 그녀에겐 오직 물, 물이었다.

이따금 새가 울다 날아가고, 등산객들이 휙, 휙, 바람을 일구고 지나가면 산은 다시 고요를 유지한다. 희주가 몸을 움직인다. 혜영은 안내표지판의 내용을 읽는 듯 마는 듯 그 자리를 벗어난다. 산 정상에 보이는 건 울울한 소나무 숲에 드러난 사찰 건물이다. 그 사찰을 향해 희주 뒤를 따라간다. 얼마 못 가 바위 기슭에서 백제의 한주 미녀가 봉화를 올렸다는 봉수대가 나타났다. 불을 피운 흔적일까. 거뭇한 벽돌이 촘촘히 층을 이루고 있다. 계속 걸어 올라가니 절 건물이 다가선다. 산 아래 사바세계를 한눈에 조망할 수 있는, 단청이 희끗희끗 벗겨진 고찰이었다.

절 마당 한가운데는 큰 돌확이 있다. 거북 모양의 돌확은 콸, 콸 맑은 물줄기를 뿜어내고 있다. 사람들이 둘러서서 물을 받는 모습이 보인다. 희주가 사람들을 헤집고 돌확으로 나아간다. 재빨리 감로수 한 바가지를 떠서 그녀에게 가져온다.

"아! 이제 좀 살 것 같다!"

물 한 바가지에 혜영의 얼굴은 생기가 돈다.

"어서 오시지요!"

홀연히 목소리가 울려 나왔다. 새벽 범종 소리처럼 그윽한 여운이 남는 음성이었다. 깜짝 놀라 목소리의 향방을 찾는다.

세수歲數를 가늠할 수 없이 해맑은 비구스님 한 분이 그들을 바라보고 서 있다.

흘러내린 머리칼을 쓸어 올리지도 못한 채 혜영이 합장으로 스님에게 인사를 드린다. 희주도 두 손을 모았다.

"두 분 보살님!, 우리 도량과 인연이 깊으십니다. 부처님을 뵙고 나서 잠시 오시지요."

스님이 가리키는 곳은 대웅전 건너편의 요사채였다. 희주가 놀란 눈빛으로 그녀를 바라본다. 그녀는 이상할 것이 없다. 크든 작든 절에 가면 그곳이 초행이라도 그녀는 늘 사찰 권속들과 주지 스님으로부터 환대를 받았다.

친구들과 여럿이 가면 친구들은 하루 이틀 머물다 가고 그녀에게는 며칠이고 쉬었다 가라며 주지 스님이 사용하는 독방을 내어주었다. 향기로운 차 공양을 받았다. 어쩌다 산책을 나갔다가 공양 시간이 한참 지나 사찰에 들어서도 한 상을 떡벌어지게 차려주었다.

또한 태백산의 큰스님은 요사채 한 채를 수리해줄 테니 사찰에 들어와 부처님에 관한 글을 쓰라고 혜영에게 권유했다. 법문 가운데 그녀를 지칭하며 '우리 도량에서 큰일을 할 보살이다. 전생에 거부장자였고 높은 위치에서 사람들을 가르쳤다. 그 인연으로 이생에 와서 글을 쓴다'라고 소개했다. 모르면 몰라도 큰스님의 말씀은 윤회 혹은 전생이라는 코드로 이해할 부분이었다. 오래전에 읽은 지나 서미나라의 『윤회의 비밀』에서 '인생은 목적이 있다. 인생은 연속적이다. 인생은 법칙 아래 진행된다'는 말을 생각나게 했다.

그들은 먼저 법당으로 올라갔다. 돌계단이 그리 높지 않았지만 희주는 그녀의 손을 잡고 영차, 영차 계단을 오른다. 희주는 왠지 모르게 신명이 나 있다. 출입문은 활짝 열려 있었다. 법당 안으로 발을 들여놓자 항용 오래된 고찰이 그렇듯, 과거 현재 미래의 혼합된 냄새가 한꺼번에 혹 날아오르는 것 같았다. 그냥 냄새가 아니라 어떤 기미였을까? 우툴두툴 가장자리가 낡은 붉은 색 카펫이 친근하면서 이채로웠다.

연화대의 부처님께 예배를 드렸다. 좌우로 몸을 돌려 호법 신장과 영단에도 정성껏 절을 올린다. 등줄기에서 주르르 땀이 흘러내렸다.

법당에서 나와 절 마당을 가로질러 산 중턱에 조용히 자리 잡은 요사채로 이동한다. 요사채에서 젊은 보살이 달려 나와 합장으로 그들을 맞이한다. 요사채 안으로 들어서자 실내에 보이차 향훈이 은은히 감돌고 있었다,

"이리 앉으시지요!"

절 마당에서 만난 비구스님이 차탁을 마주하고 좌정하고 있었다.

"보살님들은 전생을 믿으십니까?"

사람들이 인식하지 못할 뿐 누구나 수천 수백의 전생을 겪었을 것이라며 스님은 느닷없이 아득한 전생을 토로하기 시작했다.

'고구려, 백제, 신라 삼국이 서로 대치하던 삼국시대(AD 510),

일산 지역은 백제의 영토에 속해 있었다. 그런데 일산의 중심에 있는 고봉산 일대는 매우 중요한 요새 겸 요충지로 고구려가 이곳을 점령하기 위해 호시탐탐 기회를 노리고 있었다. 이곳에는 한주漢珠라는 어여쁜 미녀가 살고 있었다.

어느 날 고구려의 홍안 태자가 백제를 정탐하는 임무를 띠고 상인으로 변장, 백제 한산 부근에 잠입했다. 얼마 못 가 발각되자 그는 피신하기 위해 대갓집 담을 넘었다. 공교롭게도 구슬아씨 한주 미녀의 집이었다. 한주 미녀의 집에서 함께 지내는 동안 고구려 태자와 백제의 구슬아씨 한주는 사랑에 빠지게 된다. 청춘남녀는 급속도로 가까워져 헤어질 수 없는 사이가 되었다. 고구려 홍안 태자는 후일 만날 것을 기약하고 고구려로 돌아갔다. 고구려로 돌아온 태자는 몇 년이 지나자 왕위에 오른다. 그가 바로 고구려의 22대 안장왕이다.

한편, 백제 땅에 홀로 남겨진 한주 미녀는 그 아름다움이 널리 소문나 백제의 태수로부터 청혼을 받게 되지만 단호히 거절한다. 장래를 약속한 사람이 누구냐는 태수의 물음에 한주가 대답을 못한다. '장래를 약속한 사람을 밝히지 않는 것을 보니 적의 첩자와 내통한 것이 틀림없다'며 태수는 한주를 옥에 가두었다.

고구려의 안장왕은 소식을 접하고 자신의 여동생을 열애하지만, 신분이 낮아 결혼을 허락하지 아니한 을밀에게 협조를 요청한다. 그래도 믿을 사람은 을밀이었다. 용감한 병사 20명과 함께 한주를 구해오라고 명한다. 을밀 일행은 신분을 숨기고 백제에 잠입, 백제 태수를 죽이고 한주를 구출한다. 안장왕은 대군과 함께 국경에 주둔하고 있다가 이 소식을 듣고 크게 기뻐한다. 한주 미녀는 안장왕을 빨리 만나고 싶은 마음에 높은 산에 올라 봉화를 밝혔다. 그 산은 후에 고봉산으로 부르게 되었다. 마침내 안장왕과 구슬 아씨 한주는 감격적인 재회를 하게 되고 결혼을 한다. 행복하게 잘 살았고 그러나 그들에게 자식은 없다'고 했다.

산이 높아서 고봉산이 아니라 한주 미녀의 사랑의 척도만큼 높이 타오른 봉화 때문이었을까. 스님은 당시 국가 간의 이해관계를 떠나서 백제 출신 한주 미녀, 일명 구슬아씨와 고구려 왕자의 연애사를 담담하게 풀어놓았다. 해피 앤딩 스토리였다.

그들은 사찰의 주지 스님, 초면의 비구스님에게 그 이야기를 듣게 되리라고는 상상도 못 했다. 어리둥절했다. 희주의 꿈이 몰고 온 행운이었을까.

삼국시대에도 변 사또와 춘향이가 존재했던가. 수청을 들라고 강요하는 태수에게 단심가로 화답하는 구슬아씨 한주의 수려한 자태가 망막에 어리는 것 같다. 산 정상에 봉화를 올린 주인공은 백제의 장군이나 충직한 신하가 아닌 구슬아씨였다. 그 봉화는 고구려 안장왕을 향한 구슬아씨 한주의 사랑의 징표였을 것이다.

혜영의 추리력은 시방법계로 마냥 부풀어 올랐다. 한주漢珠라는 이름자, 한주의 주는 구슬 주珠로 희주喜珠의 이름 끝자와 뜻이 같다. 그리고 주거지가 이 산과 가깝다는 것에 대해 고개를 끄덕인다.

수천 수백의 세월을 기다려 운명이 마침내 희주를 이곳으로 인도한 것일까. 흔히 큰 산이나, 어느 바닷가 큰 바위, 혹은 몇백 년 된 큰 나무에서 전해지는 그와 비슷한 이야기가 아닐까. 남녀가 유별한 시대에 호젓한 산속에서 만나는 꿈같은 우연. 그러나 우연은 없다고 했지 않은가. 우연이야말로 필연이라는 것이다.

불가佛家에서는 옷깃만 스쳐도 인연이라고 했다. 인因이 있어 과果가 맺어지듯이 전생의 인연이 아니고서는 그 우연은 함부로 일어날 수 없지 않은가. 꿈속의 산을 찾아 나선 희주도 필연을 위한 행보였을 터. 그렇다면 저 비구스님은 전생의 누구였을까? 혹 고구려 22대 안장왕이 된 흥안 태자? 아니면 고구려 태자를 도운 충신 을밀? 대체 누구란 말인가.

파란 하늘 아래 두 개의 산봉우리가 펼쳐진다. 그 산봉우리에 미끈하게 잘 자란 소나무 네 그루가 우뚝 서 있다. 산 정상에는 흔히 국가적인 행사가 있을 때 보게 되는 대형 태극기가 휘날렸다. 태극기도 두 개였다. 규모가 그다지 화려하거나 웅장하지 않은 아담한 궁궐, 취선당翠扇堂이라는 현판懸板을 본 것 같다. 사람 기척은 없다. 그 꿈의 중심에 하늘, 산, 소나무, 궁궐, 태극기라는 상징적인 표상이 뚜렷했다.

여아의 태몽치고는 유별했다. 꿈이 희한하여 노트에 적어 놓았다. 혜영은 그러나 그 꿈을 잊고 살았다. 꿈의 실체를 분석해보려고 시도하거나 이따금 신문에 꿈에 대해 일가견을 피력하는 소문난 해몽가를 찾아가서 꿈풀이를 부탁한 일도 없다. 그런데 묘한 것이, 희주의 꿈과 상통하는 그 무엇이 발견되고 있지 아니한가.

"조금 있으면 ○○거사님이 당도하실 것입니다. 지난달 미국에서 귀국, 우리 사찰과 큰 인연이 있는 분이십니다. 잠시 기다려보시지요!"

스님이 알 수 없는 말을 툭, 던졌다. 희주가 자리에서 일어나 서둘러 요사채 문을 나서는 스님에게 예를 표했다. 요사채 보살도 스님 뒤를 따라서 밖으로 나가고 요사채에는 희주와 혜영 두 사람만 남았다.

"내가 꾼 꿈과 엄마가 35년 전에 꾼 태몽이 전생하고 무슨 연결고리가 있는 것 같아. 엄마가 보기에도 무슨 뜻이 숨어 있는 것 같지?"

불현듯 그녀는 성경에 나오는 요셉의 꿈이 생각났다. 야곱의 열두 아들 중 아버지의 사랑을 가장 많이 받은 요셉, 어느날 해와 달과 열한 개의 별이 자신에게 절하는 꿈을 꾼다. 그이야기를 들은 형들의 시기로 이집트에 노예로 팔려 간 요셉, 꿈 때문이었다.

그녀는 꿈이 현실이고 현실이 꿈인 것처럼 조금 혼란스럽다. 그러나 '꿈에는 많은 기능이 있다. 상징과 은유의 형태로 실마리를 제공하여 일상생활의 문제를 해결하고, 우리의 열망과 목표를 달성하는데 도움을 준다'는 이론을 그녀는 오랜 체험으로 알고 있다.

보이차를 석 잔째 비웠을 때 밖에서 사람들 말소리와 함께 힘찬 발걸음 소리가 들려왔다. 그들은 자리에서 일어섰다. 요사채 문을 열었다. 요사채 문 앞에 수천, 수백 년에 걸쳐서 하늘의 별과 달 구름, 산과 바다, 바람과 북소리를 거느리고 온 한 남자가 하늘 기둥처럼 우뚝 서 있었다.

남자의 눈이 희주의 눈과 마주쳤다. 두 사람의 눈길이 상대에게 오래 머물렀다. 마주 바라보는 것만으로도 그들 내면에 격렬한 파동이 일고 있는 것일까. 희주가 아! 소리치며 두 손으로 입을 가렸다. 입술을 뚫고 떨리는 목소리가 터져 나왔다.

"soul! 소울 메이트!"

희주의 꿈이 가져온 행운, 운명의 선물이었을까. 소울 메이트는 여러 생애를 거듭하여 함께 환생하는 사람들이라고 오래전 전생을 더듬어 질병을 치료하는 정신과 의사가 쓴 글에서 읽은 적이 있다. 소울 메이트는 누구나 만나게 되어 있으며, 운명이 소울 메이트의 만남을 주재한다고 그 책은 말했다.

둥! 둥! 둥!

어디선가 지축을 울리는 장엄한 북소리가 들려왔다. 산 정상에서 불꽃이 훨훨 타올랐다.

기나긴 이별 끝에 영혼의 친구 Soul mate와 다시 만나는 일은 비록 수백 년이 걸릴지라도 충분히 기다릴 만한 가치가 있는 일이라고 그녀는 굳게 믿었다.

"소울 soul! 소울 메이트!"

혜영이 희주의 말을 받아 복창했다.

구원의 성소

인터넷 시니어 뉴스 기사에 글과 사진을 동시에 올리는 방법에 대한 강의가 거의 종반을 향해 가고 있을 때 갑자기 정전이 되었다. 일시에 열기와 습도가 실내를 꽉 채웠다. 사진과 문장 두어 줄만으로 기사를 대신하는 경우도 있어 기본소양 교육이 지속적으로 필요했다.

왕년에 유수한 직장에서 책임 있는 자리에 있었다고 하나 기사 작성은 시니어 뉴스 기자 모두에게 매우 어려운 과제에 속했다. 철자법과 띄어쓰기도 각양각색이었다. 국어대사전에도 없는 지방 특유의 방언을 그대로 기사에 사용하기도 했다. 그들은 대부분 평균 4, 5대 1의 경쟁자를 물리치고 합격한 기자로서 자긍심도 대단했다. 최근 직장에서 은퇴 시기를 앞당기므로 사회 각처에서 왕성하게 일할 수 있는 인력들이

할 일을 찾아 시니어 뉴스로 대거 몰려오게 되었다고 하던가. 일정 급여를 받거나 수고비가 지급되는 것도 아닌, 이를테면 완전무결한 자원봉사 개념이었다.

3개월에 걸쳐 기자 교육을 받은 후 기사 쓰기 과제물과 면담시험을 통과한 그들이었지만 합격한 후에도 기사쓰기 교육을 강화하는 이유가 있었다. 문장이 체계 있게 잘 안 풀리거나, 문장은 되지만 사진 올리는 방법, 사진 촬영에 대해 생소한 이들이 있기 때문이다. 누구나 쉽게 사진을 찍을 수는 있지만 기자라면 적어도 단 한 장의 사진에서도 시사성을 표출할 수 있어야 한다고 했다.

사무실은 찜통이 따로 없다. 에어컨이 정상 가동되어도 열 명이 넘는 인원이 모여 있으면 숨이 답답해지기 마련이다. 누군가가 재빨리 창가로 가서 잠근 고리를 벗기고 창문을 활짝 연다. 차 소리가 시끄럽게 들렸다. 바깥의 맵고 텁텁한 공기가 사무실 안으로 밀려들어 온다. 흑판 글씨가 잘 안 보였다. 강사의 설명도 제대로 파악하기가 어렵다. 그때 한 남자가 들어섰다. 그가 들어서자 사무실 안의 더운 열기가 잠시 출렁거린다. 그가 외투를 벗었다.

"휴우―"

그가 자리에 앉지도 않고 허둥대는 모습이다.

"오늘 교육은 여기서 마치겠습니다. 더운데 수고들 하셨습니다.”

교육문화부 교육 담당 B부장이 흑판에서 물러서며 말했다.

“제가 늦었습니다. 선약이 있어서 못올 줄 알았는데 그래도 이렇게 와서 여러분들을 뵈니 좋습니다.”

늦게 교육 장소에 나타난 K기자였다.

“늦게라도 오시니 반갑습니다.”

“그동안 별고 없으시지요?”

“건강하시지요?”

시니어 뉴스 기자들이 서로 인사를 나누는 사이 사무실을 나가는 기자들도 있다.

“근데 너무 덥네! 전기는 언제 들어온답니까?”

늦게 온 K기자는 금방 갈 사람처럼 서성거린다.

“지금 강남 일대가 전부 정전이랍니다. 약 한 시간 더 기다려야 불이 들어온다는군요.”

한전에 전화로 문의했다면서 S팀장이 말했다.

“차라리 밖으로 나가지요.”

사람들은 더위를 처음 당해 본 것처럼 호들갑을 떨었다.

“이게 비상사태라는 거죠. 서울 같은 대도시에 예고도 없이 정전이 되면 잠시도 참기 어려운데 그게 하루 이틀 지속된다고 생각해 보세요. 전시나 마찬가지일 걸요 아마.”

“그런 이야기 말고 좀 시원한 이야기 없습니까?”

"그러죠. 시원한 이야기라, 우리 2팀 기자들 언제 날 받아서 청와대 관람 한 번 가시죠? 기삿거리도 건지고 친목 겸해서 다 같이 산책도 하고요."

K기자였다. 그는 시원한 이야기를 주문하는 다른 기자의 말에 불쑥 생각해 낸 말일 수도 있다. 그의 업무 성격상 청와대라는 곳이 익숙한 곳이거나, 혹은 적어도 시니어 뉴스 기자 정도면 청와대라는 곳을 멀게만 생각할 곳도 결코 아니라는 의도에서였는지, 그건 알 수 없다.

"그거참 좋겠네요. 저는 시골에서 서울 온 지 얼마 되지 않아서 청와대가 어디 있는지도 정확히 잘 몰라요."

12기 기자로 활동하는 A였다. 그녀는 다른 기자에 비해 실버 축에 들기엔 억울한 나이였다. 만 55세부터 87세 사이의 남녀 실버들이 전국 각지에서 시니어 뉴스 기자로 활동 중이지만 실제로 50대에 속하는 사람들은 희귀종에 속했다. 고등학교 양호교사로 은퇴한 그녀의 나이라야 이제 50 중반이라고 했다. 젊은 만큼 그녀는 반응도 빠른 편이다. 다른 기자들은 쓰다 달다 의사 표시가 없는 반면 그녀는 K기자의 청와대 관람 건에 대하여 즉각 찬성을 표명했다.

"가을에 가는 게 어때요?"

그녀가 오른손을 흔들며 말했다.

"여기 모이신 분들은 한 분도 빠짐없이 다들 가시는 거죠?

저는 그렇게 알고 준비하겠습니다."

청와대 관람 건을 발의하기 위해 교육 장소에 참석한 듯, 그는 경치 좋은 고급한 시골 별장으로 초대하는 사람처럼 의 젓하고 당당했다.

"제가 청와대에 방문 날짜와 시간을 문의해 보고 개별적으 로 연락드리도록 하겠습니다."

그때였다. 윙! 하고 모터 돌아가는 소리가 들리기 시작했 다. 사무실은 조명을 받은 듯 좀 전에 비해 훨씬 밝아졌다. 사 람들의 우중충한 안색에도 생기가 돌았다.

삼복염천에 전기란 놈이 시원한 골짜기로 피서라도 다녀 오느라 강남 일대를 정전으로 몰아넣은 것인가. 전기 배선을 맡고 있는 한전 직원의 부주의였던가. 아니라면 과부하가 걸 려 그만 전선이 툭! 돌발적으로 끊어졌던 것일까.

"와아! 전기의 고마움! 이제야 제대로 알게 되는군!"

K기자의 말에 사람들은 서로의 얼굴을 돌아보았다. 무엇 이든 없어져 봐야 존재의 중요성을 깨닫는 눈치였다.

B부장이 앞장서서 엘리베이터 쪽으로 걸어갔다. 저녁 먹 기엔 다소 이른 시간이어서 간장 게장과 고등어조림을 전문 으로 하는 식당은 빈자리가 듬성듬성했다. 무시래기를 넉넉 하게 넣고 조린 고등어조림에 동동주를 마시며 시니어 뉴스 2팀은 화기애애한 저녁시간을 보냈다.

그들이 다시 만난 것은 겨울 하늘이 유난히 맑고 푸른 아침이었다.

"10시 차는 방금 떠났어요. 총무가 지각하는 바람에 우리는 30분이나 떨고 서 있었다니까요."

경복궁역 구내에서 밖으로 나오지 않고 30분을 지체한 것에 대한 불만이 앞서 걷는 총무의 뒤통수로 모아졌다.

"죄송해요. 그 대신 가방은 절 주세요. 제가 들고 갈게요!"

일행은 광화문 방향으로 걸어갔다. 겨울 햇살이 새로 조성한 광화문 현판으로, 경복궁 담벼락으로 풍성하게 쏟아지고 있다. 바람결이 다소 강했지만 햇살 덕분에 그다지 춥게 느껴지지 않았다.

"날씨가 정말 짱! 이네요. 이렇게 맞추기도 힘들다니깐, 아, 좋다!"

무용을 한다는 M기자가 배낭을 총무에게 벗어주고 기분 좋은 듯 말했다.

"저기 보세요. 이순신 장군 동상 보이시죠? 그리고 저기 세종대왕!"

K기자가 가리키는 곳을 따라 사람들의 시선이 광화문 광장의 세종대왕상으로 옮겨갔다.

"저거 얼마가 들었는지 아세요?"

"에이, 그까짓 것 얼마가 들었든 우리 같은 서민이 알아서 뭐 하겠어요?"

40년 교직에서 퇴직하고 시니어 뉴스 기자로 새 출발했다는 Y기자의 말이었다.

"보나 마나 엄청난 예산 낭비를 했다는 말씀 같은데."

서울에 있는 큰 아파트를 전세 놓고 여유 있게 노후를 보내기 위해 일산에 작은 아파트를 장만하여 혼자 산다는 O기자가 거들었다.

경복궁 입구에 다다랐다. 매표소가 있고 그 옆으로 정복을 입은 경비가 서 있는 게 보인다.

"10시 차가 방금 출발했습니다. 한 20분 기다리시면 차가 또 옵니다."

시니어 뉴스 기자들은 매표소 직원에게 신분증을 꺼내 보인 후 다음 차를 기다리기 위해 매표소 처마 밑에 줄을 섰다.

해영海英은 일행과 떨어져 나무 벤치 있는 곳으로 걸어갔다. 잎새가 지고 앙상한 가지만 남은 벚꽃나무가 몇 그루 서 있었다. 봄 한때 화사한 꽃빛을 뽐내던 나무였지만 그 나무 역시 제철이 지나고 보니 시니어 뉴스 기자들의 얼굴에 종횡으로 그어진 주름살처럼, 아니 웬만한 자극에도 동함이 없을 것으로 보이는 그들의 무딘 감수성처럼 밋밋하기는 마찬가지였다. 모든 것은 다 자기만의 때가 있는 법일까.

해영이 나무 벤치에 앉았다.

　"범사에 기한이 있고 천하만사가 다 때가 있나니 날 때가
있고 죽을 때가 있으며, 심을 때가 있고 심은 것을 뽑을 때가
있으며, 죽일 때가 있으며 치료할 때가 있으며, 헐 때가 있으며
세울 때가 있으며, 울 때가 있고 웃을 때가 있으며, 슬퍼할 때
가 있고 춤출 때가 있으며, 돌을 던져 버릴 때가 있고 돌을 거
둘 때가 있으며, 안을 때가 있고 안는 일을 멀리할 때가 있으
며, 찾을 때가 있고 잃을 때가 있으며, 지킬 때가 있고 버릴 때
가 있으며, 찢을 때가 있고 꿰맬 때가 있으며, 잠잠할 때가 있
고 말할 때가 있으며, 사랑할 때가 있고 미워할 때가 있으며,
전쟁할 때가 있고 평화할 때가 있느니라."

　해영은 성경 〈전도서〉의 구절을 떠올리며 아름다운 그녀
의 때, 풋풋한 젊음의 한 시절로 빠져들어 갔다. 특히 그녀는
전도서의 수많은 때 말고도, 사람이든 사물이든 만날 때가 있
고 헤어질 때가 있다는 사실을 상기했다.
　전국 각지에서 모인 시니어 뉴스 기자들은 과연 무엇을 위
해 기자가 되었는가. 해영은 어떤 목적과 사명을 가지고 이
대열에 참여하게 되었던가. 젊음이 휘황한 빛을 발하던 시기
를 덧없이 소모하고 쇠진해진 몸과 마음으로 헤매다 어느 날
덜컥 선배의 독촉 전화를 받고서 뛰어든 건 아니었을까.

"글쎄 내 말 들어봐. 하면 좋다니까."

선배는 해영에게 하면 좋다는 말만 되풀이했다. 할 말을 할 수 있다는 편리함과 권리 같은 것, 그런 영역에 발을 담그고 있으면 글 쓰는 게 본업인 해영에게 유익이 더 있을 것 같은 막연한 기대감. 기자라는 직무가 더욱더 자신을 발전시키는 지름길로 작용한다는 해영 나름의 어설픈 계산도 한몫했다고 볼 수 있었다.

해영이 때에 대한 생각에 잠겨 있을 때 하얀 선, 구름의 또 다른 형태인 가늘고 긴 선이 푸른 하늘 한가운데를 가로질러 큰 원을 그리면서 경복궁의 지붕 위로 이어지고 있는 것이 눈에 들어왔다. 그것은 해영에게 상서로움이었을까. 서른한 살 해영의 어여쁜 젊음 한 자락이, 숱한 사연을 머금고 흰 구름의 큰 원을 따라서 시리도록 맑은 겨울 하늘 멀리 가없이 펼쳐지고 있었다.

해영은 집 근처 개울에서 아이들 옷가지를 비벼 빨고 있다. 개울이건 도랑이건 그 명칭이야 아무래도 좋다. 명칭보다 중요한 것은 그 물의 맑음이다. 집집의 생활하수가 그 도랑에 흘러드는 것이 아닌 이상 그 개울은 언제나 맑고 한가롭게 흘렀다.

그 마을에는 서울에서 이사 온 조무래기 셋을 거느린 해영이네를 제외하면 동네 토박이 열댓 가구가 전부였다. 그들은 그들만의 우물이 울안에 따로 있었다. 우물가에 빨랫돌을 박아놓고 아예 작은 옷가지는 그곳에서 빨아 입었고, 비교적 밥술깨나 먹는 집은 그 시절 막 출하한 신형 세탁기를 갖추고 살았다.

마을 사람들은 가끔 가재라던가 실지렁이같이 생긴 새끼 미꾸라지, 굵은 바늘 모양의 까칠한 송사리 떼가 꼬물거리는 개울에는 잘 나오지 않았다. 그래서 개울은 해영이네의 전유물이나 다름없었다.

개울을 사이에 두고 논과 밭이 평화롭게 이어지고 좁은 밭고랑을 따라 줄곧 올라가면 찻길이 훤히 내려다보였다. 하루 두 차례씩 수원 시내 방향으로 가는 버스가 그곳을 지나갔다. 황금빛으로 물들어가는 논에서는 이따금 따개비나 메뚜기, 풀무치 종류들이 푸드덕거렸다. 참새들도 제 권속들을 대여섯쯤 거느리고 와서 익어가는 낟알을 까먹거나 한바탕 논바닥을 휘젓다 날아갔다. 개울을 중심으로 수채화 같은 농촌 풍경이 펼쳐진다.

개울은 해영이네 아이들이 귀가하면 책가방을 던져놓고 마음 껏 놀 수 있는 놀이터요, 발도 씻고 간이 목욕도 할 수 있는 자연의 샤워장 구실을 톡톡히 해내고 있었다. 개울가에는 냉이며 강아지풀 질경이 망초가 무성하고 그 사이로 돌미나리가 소담하게 어우러졌다. 해영은 돌미나리를 관심 있게 들여다본다. 돌미나리는 불그스름한 이파리를 활짝 펼치고 옆으로 퍼진 것이 줄기가 제법 실했다. 윗대만 잘라 끓는 물에 데쳐서 초고추장에 버무리면 이 마을에 오기 전에는 감히 상상도 하지 못했던 희한한 입맛이 살아나곤 하였다. 입맛은 곧 해영에게 살맛이었고 돌미나리는 자르면 자를수록 금세 새순이 올라왔다.

돌미나리가 푸릇푸릇 개울가를 풍요롭게 가꿔주고 있는 바로 그 앞에는 첫돌이 지났을까 말까 한 여자아기가 개울에 내려앉아 놀고 있다. 입고 있는 빨간색 면바지가 젖고, 검정 고무신이 벗겨지는 것도 모르고 모래를 그 작은 손에 움키려고 애를 쓴다. 어쩌다 아기의 손에 모래가 쥐어진다 해도 쥐어진 모래는 금세 물살에 떠내려가고 남은 것은 아무것도 없다. 아기는 다시 물속으로 손을 넣어 모래를 두 손으로 모은다. 그것을 움켜쥐려고 주먹을 꼭 쥐어보지만 미처 손바닥에 거머쥐기 전에 모래는 물살에 떠밀려 흩어진다. 아기는 반복해서 모래 잡기에 몰두한다. 모래 잡던 손을 멈추고 새끼 미꾸라지를 신기하게 쳐다보기도 하고 송사리 떼의 유영을 지켜보기도 한다.

해영은 헹군 빨래와 비누 그릇이며 빨랫방망이를 물에 한 번 흔들어 물기를 턴 다음 함지에 담는다. 아기를 물에서 건져 젖은 옷을 벗겨 빨랫돌에 걸쳐두고 대충 물기를 닦아 가슴에 품어 안는다. 해영은 빨래 함지를 머리에 얹은 채 마을을 향해 종종걸음을 친다.

해영은 아들 두 명이 학교에서 돌아오면 빨래를 챙겨 개울로 다시 나올 것임이 분명하다. 하루에도 몇 번씩 찾는 개울은 해영에게 구원의 성소요, 삶의 번뇌를 씻고 해탈의 기미를 일깨워 주는 신성한 명상 장소와 같은 의미였을까. 개울에 나가는 것만이 그녀에게 유일한 낙이었다.

집 안으로 들어온 해영은 바지랑대를 끌어 빨랫줄을 낮춘 다음 빨래를 널고 아기의 옷을 갈아입힌다. 대문은 열린 채였고 집안엔 아무도 없다. 주인집 숙희 할머니도 마을 사람들을 따라 산 더덕을 캐러 먼 산에 간 것일까. 마당 안은 정적만이 가득하다.

숙희 할머니는 결혼 석 달 만에 6·25가 터져 남편이 전쟁터에 나갔다고 했다. 남편의 생사도 모른 채 평생을 살아온 기막힌 사연을 품고 있었다. 유복자인 아들을 키우며 청춘을 보냈다는 숙희 할머니는 문간방에 세 들어 사는 해영의 아이들을 친 손자처럼 사랑해 주었다.

"아그들 아빠는 어디루 간 거여?"

바람이 매운 입춘 무렵 이삿짐이랄 것도 없는 살림 도구를 택시에 싣고 나타난 해영에게 숙희 할머니가 물었다. 그 후로는 더 묻지 않았는데 그것은 숙희 할머니가 나름대로 해영의 집 사정을 짐작으로 때려 맞추고 있어서이든, 아들 며느리 보는데서 생면부지인 해영에게 관심을 보이기도 뭣해서 자중하고 있거나 그 둘 중의 하나일 것이라고 추측할 수 있다.

숙희 아빠는 그때 한참 붐이 일고 있는 개발 현장에서 덤프트럭을 운전하는 기사였고, 숙희 엄마는 그 개발 현장에 지어놓은 허름한 함바식당에서 허드렛일을 하고 있다고 했다. 집안 살림과 숙희를 돌보는 것은 숙희 할머니 몫이었고 그나마 숙희가 근처 읍사무소에서 운영하는 어린이집에 다니고부터는 집안에 남아 있는 사람은 숙희 할머니와 돌 지난 금주와 해영이 뿐이었다.

입추가 지난 시골에는 집이건 들녘이건 무료와 고요가 흐른다. 낮 시간은 어느 집이거나 사람이 없다. 들녘엔 배추며 무 등, 김장 채소가 튼실하게 자라고 있고 고추, 콩, 수수, 들깨 같은 작물들이 뙤약볕에 여물고 있다.

사람들은 차양이 넓은 모자를 눌러쓰고 밭에 나가 일을 하거나 아낙네들은 먼 산으로 산 더덕을 캐러 새벽 일찍 집을 나섰을 가능성이 높다. 깊은 산에 가면 산 더덕이 지천이라고 했다.

마을 사람들은 틈만 나면 삼삼오오 짝을 지어 산에 오르곤 하였다. 시중에서 파는 것과는 향에서부터 차이가 난다면서

산 더덕을 한 뿌리 캐서 껍질째 씹어 먹으면 힘이 절로 불끈 솟는다고 하던가. 산삼의 효험에 버금간다고 했다.

"에이, 또 책보는 거? 애기 엄마 몸도 부실한데 나랑 같이 산 더덕 캐러 가 볼란가? 산 더덕이 산삼 못지 않데이, 향도 진하고 맛이 그만이라."

숙희 할머니는 가끔 아들 며느리 모르게 해영에게 산더덕을 몇 뿌리씩 쥐여주곤 했다.

"이거 봐! 금주 엄마! 아마도 금주 엄마는 공부를 많이 한 게 틀림없지? 내가 텔레비전에서 잠깐 들은 께 그 뭣이더라 서울서 젊은 엄마들 무슨 글짓기 대회를 한다더만. 여그 신문 한 번 봐라고. 경복궁이라 카대. 상도 주고 그런다믄서."

해영은 숙희 할머니가 이장네 집에서 얻어왔다는 D일보를 펼쳤다. 전국 어머니 글짓기 대회 기사가 문화란 한 귀퉁이에 있었다.

"할머니도 참! 이런 걸 다 어떻게 아시고."

해영은 숙희 할머니가 감탄스러웠다. 돌미나리를 뜯고, 도랑에서 빨래하고 세 아이들 키우는 것이 전부인 해영을 보는 숙희 할머니의 식견이 놀라웠다.

"아그들은 내가 보아줌세. 함 다녀오라고. 여그 차비도 내 한테 쪼매 있으니께 암 걱정 말고. 이번 올라간 김에 아그들

아빠도 더 수소문해보더라고."

00년도 세계적인 오일쇼크가 터지기 직전 금주 아빠는 직장 상사에게 집을 담보로 빚보증을 서 준 후 온다 간다 말없이 가출한 게 1년이 넘었다. 해영에게는 그 1년이 10년보다 길었다. 그 세월을 어떻게 견뎌냈던가, 서울을 떠나 산촌으로 숨어들기까지의 그녀의 시련은 이루 헤아릴 수가 없다.

숙희 할머니는 해영에게 꾸깃꾸깃한 지폐 몇 장을 주었다.

"도시에 살 사람은 도시에 살고 우리 같은 농사꾼은 시골에 사는 벱이여. 어쩌다 고운 각시가 이 산골로 왔을까 잉?"

숙희 할머니는 코를 횡 하고 풀고는 안채로 들어갔다.

해영은 마북을 출발하여 풍덕천에서 내려 서울 가는 버스로 갈아탔다. 서울을 떠난 지 9개월이었다. 9개월의 시간은 해영에게 많은 변화를 가져왔다. 서울 시내버스 노선이 바뀌었고, 고층 빌딩들이 들어선 거리가 해영은 낯설었다.

경복궁 쪽이 아니더라도 그 비슷한 동네 이름이 보이는 버스에 무작정 올라탔다. 꾸벅꾸벅 졸다가 보니 광화문이 나타났다. 해영은 버스에서 내리자마자 전국 어머니 글짓기 대회가 열리는 경복궁을 향해 무작정 내달렸다.

쿵, 쿵, 쿵.

그 소리는 얼마 전 숙희 할머니를 따라 읍내 시장에 갔다가 노점상한테 산 투박한 운동화 뒤축이 내는 소리인가. 아니면 해영의 심장이라든가 허파에서 터져 나오는 소리인가. 해영은 목이 탔고 땀이 비 오듯 흘렀다. 얼마 전 아들 두 명을 데리고 초등학교 예비 소집에 가느라 불시에 구입한 남대문표 분홍색 저지 원피스가 땀에 흠씬 젖었다.

경복궁 출입문을 통과했다. 거기서부터는 글짓기 대회에 가는 듯한 성장한 여인들을 몇몇 만날 수 있었다. 경회루에 도착하자마자 황급히 뒤쪽으로 들어가 빈자리에 털썩 앉았다. 그녀의 좌우에 수백 명에 이르는 여인들이 앉아 있었다. 전국여성문인회 손소희 회장의 인사말에 이어 글 제목이 발표되고 글짓기 대회는 막이 올랐다.

나무 그늘에 앉은 해영은 기진했다. 슬슬 배도 고팠다. 숙희 할머니가 챙겨준 삶은 계란은 집에 놔두고 왔다. 해영은 가방에서 깔판과 펜을 꺼냈다. 200자 원고지 15장 분량은 한 달음에 채울 수 있었다. 틀린 글자가 없는지 그것까지는 들여다볼 여유가 없다. 심사위원석으로 걸어가 원고를 제출했다. 마감 시간은 1시간이나 더 남아있었다.

집으로 갈까. 그러나 더는 몸을 움직여 볼 기운이 없다. 그녀는 으스스 몸이 추워 햇볕으로 나앉아 깜박 졸았다. 시상식이 진행 중이었다. 수상자들이 쪼르르 단상 앞으로 달려 나갔다. 해영의 이름은 맨 나중에 호명되었다. 300여 명 참가자

중에서 그녀가 일등이었다. 본래는 장원인데 전라도 먼 곳에서 밤기차를 타고 온 여인에게 장원을 주기로 결정했다고 했다. 얼떨떨한 상태로 시상식이 끝나자 사회자는 청와대에서 영부인이 전국여성문인회 회원과 수상자 전원을 초청했다고 전했다.

해영은 생애 처음으로 청와대를 방문했다. 그녀는 영부인의 미색 한복이 정갈하면서도 우아하다고 생각했다. 빨간색 카펫과 어울려 더욱 돋보였다.

"이렇게 젊은 분이 일등을 하셨어요?"

영부인이 해영의 두 손을 꼭 잡았다. 해영의 분홍색 원피스 자락을 한참이나 바라보았다.

"당신 지금 뭣 하시오? 아예 직업을 바꾸도록 하시오."

장편소설 『눈보라의 운하』 저자 박화성 선생님이 그녀 곁에 다가왔다. 해영에게 앞으로는 다른 일 제쳐두고 글만 쓰는 게 좋겠다고 격려했다. 짧은 글 속에 반전反轉의 솜씨가 뛰어나다며 소설을 써도 충분하다고 칭찬했다.

해영의 가슴 속에 따스한 기운이 솟아올랐다. 신바람이 났다. 슈크림 빵과 수박을 입으로 가져갔다. 다른 수상자들이 영부인과 옷깃이라도 스쳐보려고 어깨를 밀치고 앞으로 나가려 안간힘을 썼다. 혹은 문단의 원로 선생님들과 대화를 해보려고 목을 빼 들거나 눈을 맞추려고 애쓰는 모습이었다.

그녀는 상금과 상품을 안고 버스를 두세 번 갈아타고 산마을 셋집으로 돌아왔다. 숙희 할머니와 세 아이들이 뛰어나와 해영을 반겨주었다. 해영의 수상 소식은 그날 저녁 TV 뉴스 시간에 상세하게 전해졌다. 잠잠하던 산촌마을이 해영의 수상 소식으로 한동안 떠들썩했다.

"애기 엄마! 이리 좀 와 보랑께."

숙희 할머니가 다급하게 부르는 소리를 들었다. 해영은 얼른 숙희네 집 안방으로 건너갔다. 텔레비전 뉴스를 보았다. 8·15 경축식장은 아수라장이었다. 단상 아래 앉아 있던 영부인이 총을 맞고 쓰러지는 장면이었다. 범인은 화성에서 온 괴물 같았다. 산촌에 영부인의 안타까운 죽음이 파다하게 흘러넘쳤다.

해영은 개울가로 나갔다. 청와대 영빈관에서 만난 가냘픈 인상의 영부인을 추억했다. 해영은 제 설움에 겨워 흐느껴 울었다. 빨래를 하러 가는 게 아니라 실컷 울기 위해 시도 때도 없이 개울로 갔다. 오래도록 해영의 눈물은 그치지 않았다.

숙희 할머니마저 집을 비우니 온 마을이 텅 빈 듯했다. 누렁이란 놈이 해영이네 모녀에게 꼬리를 흔들다 제집으로 들어가 버린다.

해영은 부뚜막에 놓아둔 밥주발에서 밥 한 숟갈을 덜어내

콩나물국에 말아 금주에게 준다. 부뚜막은 아직도 온기가 남아 있고 꺼멓게 그을려 있다. 꺼멓게 그을린 구석을 피해 해영은 아기 옆에 살포시 주저앉는다. 아기가 밥알을 흘리면 얼른 달려들어 입가를 닦아주었다.

아들 두 명이 책가방을 메고 학교에서 돌아왔다. 해영은 아들 두 명에게도 콩나물국에 밥을 말아 방으로 넣어주었다. 그녀가 대문 쪽을 바라본다. 숙희 할머니가 보이지 않아 그녀는 몹시 궁금하다.

어둑어둑 땅거미가 지자 공사 현장에서 숙희 아빠가 돌아오고 한 시간쯤 더 늦어서 숙희 엄마가 숙희를 안고 집에 왔다.

할머니는 어딜 가셨는가?

해영은 누구에게 물어볼 수도 없다. 숙희 엄마는 이사 오던 날부터 해영에게 말이 없다. 마당에서 마주쳐도 모른 체했다. 해영이네 두 아들이 마루에서 숙희를 데리고 놀아주면 수수 빗자루로 마룻바닥을 탁탁! 치면서 저리가! 하고 무섭게 다그쳤다. 숙희 아버지라고 다르지 않았다.

아들 두 명이 숙제를 마쳤는지 방 안이 조용하다. 금주도 잠이 들었는가. 아이들은 집주인의 눈치가 서늘한 기미를 해영보다 더 빨리 알아챘다. 해영은 하릴없이 집 안팎을 서성거린다. 삐그덕! 하는 대문 소리를 기다리고 있다.

아이 우는 소리가 들려왔다. 금주였다. 해영은 서둘러 부엌을 정리하고 방으로 들어갔다. 아들 두 명에게 이불을 덮어주었다.

"우리 금주! 코 자고 내일 엄마하고 개울에 가서 놀자."

금주도 개울을 해영 못지 않게 좋아하는 눈치였다.

해영은 방의 문고리를 걸어 잠그고 금주와 나란히 누웠다. 선잠이 들었는가 말았는가 할 때였다.

"아이고! 아이고!"

곡소리였다. 곡소리는 점점 크게 더 구성지게 들려왔다. 해영이 자리에서 일어났다. 추석을 며칠 앞둔 산촌의 밤은 쌀쌀했다. 그 쌀쌀한 밤을 뚫고 처량한 곡소리가 온 마을로 번져나갔다.

"아이고! 아이고! 엄니, 이게 무슨 일이요?"

숙희 엄마와 숙희 아빠가 두 손으로 방바닥을 치면서 큰소리로 곡을 했다 마을 사람들이 눈을 비비며 한 사람 두 사람 숙희 네 마당으로 모여들었다.

"이런 해괴한 일이 있남? 우째 이런 일이 생기나."

숙희 할머니의 사망은 마을 사람들에게 크나큰 충격이었다.

"산 더덕이 사람 잡았네! 내둥 산에 안 올라가다가 무슨 귀신이 씌었는가. 갑자기 무슨 산 더덕이여? 허리도 온전치 않은 양반이."

이웃 할머니가 눈물을 훔치며 푸념했다.

"공사판에 다니는 아들 주려고 갔겠지유. 그 양반이 언제 당신 자시려고 산 더덕 캐러 가는 거 보셨슈?"

숙희 할머니는 험한 산길을 오르다가 심장발작을 일으킨 것일까. 피를 흘리고 쓰러져 있는 것을 마을 사람이 이장에게 연락했고, 숙희 아빠가 공사장에서 그 소식을 듣고 작업복을 입은 채 산으로 달려가 할머니를 메고 내려왔다고 했다. 그리고 숙희 할머니는 내쳐 잠이 들었다고 하던가. 잠이 아니라 혼수상태에서 밤새 고통을 당하다가 홀로 죽음을 맞이한 것일 게다.

숙희 할머니 장례는 마을 사람 중심으로 간소하게 치러졌다.

가을이 깊었다. 집집마다 잘 익은 감들이 가을 햇살에 눈부셨다. 바람이 불면 상수리나무에서 상수리가 툭, 툭, 떨어졌다. 호미를 넣고 힘주어 당기면 고구마가 주렁주렁 끄달려 올라오는 계절이었다.

해영은 이사를 생각하고 있다. 숙희 할머니가 세상을 뜨자 그녀는 산촌 생활을 더 버텨나갈 의욕을 잃었다. 그녀에게 구원의 성소였던 개울에 나가도 전처럼 기쁘지 않았다. 불행 중 다행이었을까. 타의에 의해서 그녀는 서울로 이사 가게 되었다. 친구에게 인감도장을 빌려주었다가 집 한 채가 통째로 날아가게 생겼다면서 동생이 해영에게 집을 양도했다. 형편 되는대로 천천히 갚는 조건이었다.

해영이네 가족의 비밀의 성소였던 개울. 개울물에 꼬물꼬물 노닐던 송사리 떼와 새끼 미꾸라지, 돌미나리도 더는 볼 수 없게 되었다, 한 번도 웃는 얼굴을 보여준 적이 없는 숙희 엄마와도 작별이었다. 해영은 이곳에 처음 올 때 그랬던 것처럼 택시를 불러 부엌 살림살이와 이불 몇 점을 싣고 세 아이들과 함께 서울로 떠났다.

"어서 타세요! H기자님!"

A기자가 큰 소리로 말했다. 해영은 퍼뜩 정신을 차렸다. 매표소 앞에 청와대 가는 대형 버스가 대기하고 있었다.

"뭘 그리 골똘하게 생각하셨어요? 혹 첫사랑을 여기서 만났습니까?"

기자가 괜히 기자인가. A기자가 특종 냄새를 맡은 민완기자처럼 호기심을 드러냈다.

"H기자님. 청와대에 뭔가 있으신 거죠? 그렇죠?"

"하하하! A기자님! 시방 소설 써요? 그러고 보니 이번 청와대 관람 기사는 우리 2팀을 대표해서 A기자님이 쓰시는 게 좋겠는데요. 여러분 생각은 어떻습니까?"

청와대 관람을 주선한 K기자가 말했다.

"좋아요. 그렇게 하시죠!"

시니어 뉴스 기자들이 일제히 박수를 쳤다.

서틀버스가 출발했다. 청와대 후문이 점차 코앞으로 다가온다. 해영은 옷깃을 여몄다. 불현듯 ○○여 년 전의 산촌생활이, 그녀에게 작은 위로이며 구원의 성소였던 개울이 펼쳐졌다. 숙희 할머니가 캐다 준 산더덕도 생각났다. 그리고 숙희 할머니 덕분에 전국 어머니글짓기 대회에 나가 일등상을 탄 일, 영부인 초청을 받고 청와대 간 일 들이 아름답게 떠올랐다.

사람들은 대오를 따라 영빈관 쪽으로 분주히 걸어갔다. 해영은 우뚝 걸음을 멈춘다. 고개를 들어 아득히 먼 하늘을 바라본다. 순간 맑고 푸른 하늘이 그녀의 시야를 가득 메우고 있었다.

화려한 초대

꿈에 비가 내렸다.

억수로 쏟아지는 빗속에서 허우적거리며 푸, 푸, 숨을 몰아쉬는 물체가 있다. 시커먼 물체가 황톳빛 물속에서 올라왔다가 가라앉기를 되풀이한다. 사람 형상의 물체가 드디어 사력을 다해 언덕을 기어오른다. 환호성을 지르다가 잠이 깼다.

현관문을 나서려는데 폰이 울린다. 전화를 받는다.

"안녕하세요? 전화 받으시는 분 현석 어머님이 맞습니까?"

그녀가 긴장한다.

"혹 등칫골 산딸기를 기억하시는지요?"

"누구세요?"

비로소 목소리를 낸다.

"현석이랑 산딸기를 따던 동진이…."

118

그게 언제 일인가. 강산이 몇 번이나 변하는, 까마득한 옛일이 아닌가.

"뭐? 동진이? 동진이라고?"

"네! 어머니! 저. 동진입니다!"

"동진이? 대체 어떻게 된 거야?"

"제가 가장 뵙고 싶은 분이었어요. 진즉에 찾아뵙지 못해 죄송합니다."

오전리에 산사태가 나던 그해 여름, 폭우가 퍼붓자 동진은 마을 아이들과 함께 무작정 더 높은 산으로 올라갔다고 했다. 올라가다 보니 함께 올라간 마을 아이들이 갑자기 보이지 않았다. 큰 소리로 불러 봐도 들리는 건 빗소리뿐이었다. 비가 뜸해지자 그는 바위 밑에 쪼그리고 앉아 오들오들 떨며 밤을 새웠다. 배고픈 줄도 모르겠고 아무것도 생각나지 않았다. 날이 새기 무섭게 그는 무리에서 멀어진 늑대처럼 마을 아이들 이름을 부르며 산속을 헤집고 다녔다.

Y시의 수해 복구 팀에 의해 발견된 동진의 몰골은 산짐승이 따로 없었다. 산속에 갇힌 지 스무하루 만이었다. 경찰서 당직실에서 몇 날을 지냈다. 경찰 아저씨들이 옷과 운동화를 사주었다. 작은 심부름을 하면서 경찰 아저씨들과 친숙해 질 무렵 수원 소재 ○○보육원으로 옮겨갔다. 얼마 지나지 않아

동진은 그곳에서 미국으로 입양되었다. 시카고의 양부모는 그를 애지중지 내 자식처럼 돌보았다. 동진은 훌륭한 사람이 되어 귀국하는 게 꿈이었다. 양부모도 그의 소원을 적극 지지했다. 공과 계통의 ○○대학교를 졸업하고 양부모 밑에서 다년간 사업경력을 쌓은 후 그는 귀국을 결심했다. 그러나 본국으로의 사업 이전은 절차가 복잡하고 일이 많아 시간이 오래 걸렸다. 그는 신규 사업 관계로 귀국한 지 한 달 남짓 되었다고 했다.

"저런! 고생을 많이 했구나! 동진아! 네가 살아줘서 정말 고맙다."

그녀가 큰소리로 외쳤다.

"저는 항상 등칫골 산딸기를 생각하고 살았어요. 그곳에 세기물산이라고 건축자재를 생산하는 공장을 지었어요. 한국에 거점을 만들 계획이죠. 개관식에 어머님과 현석, 경석이를 초대하고 싶습니다."

상상도 하지 못한 동진의 금의환향, 화려한 초대였다. 동진은 오전리 일대에 만여 평에 이르는 공장건물을 신축했다고 전했다. 순간 그녀의 뇌리는 아득한 과거로 급속히 회전하기 시작했다.

'1977년 7월 7일 오랜 가뭄 끝에 갑작스런 집중호우로 오전리 일대에 산사태가 일어났다. 7월 8~9일, 이틀 동안 안양천 유역에 쏟아진 집중호우로 인하여 시흥에서는 산사태가 일어났으며, 안양천은 유수량을 미처 배수하지 못하여 안양시 일대가 침수되었다. 그 당시 집중호우의 기록은 안양지역 460㎜, 시흥 400㎜, 영등포 343㎜였다. 이는 1925년 을축년 대홍수와 버금가는 사건이었다.

특히 왕곡천과 오전리는 물바다가 되었다. ○○초등학교도 창고와 별관 뒤쪽 담장 및 정문 좌측 담장이 붕괴되는 등 피해를 입었다. 면사무소에서는 수재민들에게 라면과 담요를 지급하고 마을 회관 뒤편에 천막을 지어 수재민을 긴급 수용했다.'

초여름인데도 날씨는 푹푹 쪘다. 오전리 왕천리 대곡리 전역의 내 논 네 논 할 것 없이 논이란 논은 거북등처럼 쩍쩍 갈라졌다. 혹독한 가뭄이었다. 모내기 철이 다 지나가도록 비 한 방울 내리지 않았다.

어쩌다 먹구름이 하늘을 시커멓게 물들이면 이제야 비가 오려나 보다 하고 마을 사람들은 담뿍 기대를 걸었다. 비가 내릴 듯 말 듯 하늘 가득 먹구름만 끼었다. 은나라 말, 주紂의 폭정으로 사회가 혼란할 때 백성들이 모두 서쪽의 성인인 문왕文王에게 몰려갔다. 이를 시기한 주왕이 문왕을 유리옥에 가둔다. 졸지에 감옥에 갇힌 문왕의 심사처럼 전국은 밀운불우密雲不雨의 연속이었다.

근근이 심어놓은 채소밭도 누렇게 말라 죽었다. 농촌과 도시 모두 가뭄에 대한 걱정이 끊이지 않았다. 매스컴은 계속되는 가뭄에 대해 연일 뉴스를 쏟아냈다. 농사뿐 아니라 일반 가정의 생활용수도 턱없이 부족했다.

이른 새벽 그녀는 펌프가로 종종걸음을 친다. 펌프는 주인집 안마당을 가로질러 한참 걸어가면 밤나무 숲과 겹 복숭아나무가 둘러서 있는 낮은 산 아래에 있다. 주인집 할머니가 드럼통처럼 생긴 커다란 고무함지를 가리킨다. 그녀는 그 큰 고무함지를 굴리다시피 하면서 끌어다 펌프 앞에 놓는다. 거기에 펌프 물을 받는 것이다. 한 바가지의 마중물을 펌프 안에 부은 후 힘껏 펌프를 구른다. 흙탕물이 콰르르 쏟아진다. 펌프를 계속 구르면 흙탕물이 희석되면서 점차 맑은 물이 나온다. 펌프 구르는 소리가 인근 마을과 뒷산으로 퍼져나간다.

마을 사람들은 눈 뜨기가 무섭게 아랫마을 공동우물에 내려가서 물을 길어 오든가, 왕곡천 개울물이라도 몇 통 들어다 놓고 일터로 나가야 했다. 물을 긷는 일은 아낙네의 팔 힘으로는 어림도 없는 일이다. 남정네들이 물 긷기에 동참하지 않으면 안 되었다. 우물의 깊이가 수십 미터라는 것이다. 마을이 생기면서부터 있던 오래된 우물이었다. 지독한 가뭄에도 물이 마르는 일이 없다는 소문이었지만 근래에는 그마저도 물이 딸렸다. 불침번을 서듯 우물가에 물통을 줄 세우고 기다렸다가 한 양동이씩 퍼오는 게 고작이었다.

이 마을에 이사 온 지 얼마 되지 않는 그녀는 우물가에서 밤을 지새우는 사람들에 비하면 불행 중 다행이었다. 그녀는 힘껏 물을 퍼 올려 큰 통에 가득 채운 뒤에 두 양동이 정도 부엌으로 옮겨오는 게 습관처럼 되었다. 그 방법이 최선이었다. 하루 두 양동이 물로는 세수할 물도 넉넉지 않았다. 물은 쓰기 나름이라지만 아껴 써도 감질이 났다.

옛 지명이 등칫골이라는 오전리 산동네로 이사 올 무렵만 해도 집 앞 개울엔 물줄기가 졸졸 흘렀다. 그녀는 그 물줄기가 반가웠다. 졸졸 흘러가는 개울물은 모진 역경에서도 꺾이거나 소멸되지 않는 소시민의 희망처럼 보였다. 그 개울에서 소소한 빨래를 해결했고 아이들 놀이터도 대개는 개울을 중심으로 이루어졌다.

그녀의 남편은 산에서 나뭇가지를 모으고 아이들의 장난감 차바퀴를 이용해 개울에 작은 물레방아를 만들어놓았다. 산마을에 이사와 적적해하는 아이들을 위한 배려였다. 물흐름이 원활하면 물레방아는 저 혼자 핑핑 잘 돌아갔다. 아이들은 손뼉을 치며 신이 났고 다른 집 아이들까지 현석이네 물레방아를 구경하러 우! 우! 몰려왔다.

개울가에는 돌미나리를 비롯하여 국수댕이, 벌금잘이, 냉이, 질경이, 미나리아재비가 여기저기 자라고 있다. 빨랫감을 비벼 빨고 나면 의레 그것들을 뜯었다. 잠깐 사이에 손아귀가 그득했다. 개울물이 바짝 마르면서 물레방아가 돌지 않자 아이들을 이끌고 산으로 들로 다니며 취나물을 뜯었다. 나물 뜯는 일은 그녀의 시골 생활에서 제법 쏠쏠한 즐거움이었다.

스스로 노인네라고 자처하는 주인집 할머니는 69세로 손자, 동진과 살고 있었다. 왜 아들 내외가 없는지 그녀는 감히 물어볼 엄두가 나지 않았다. 매일 새벽 주인 할머니는 그녀에게 소래포구 젓갈 시장에 늘어선, 드럼통처럼 생긴 고무함지 두 개에 물을 가득 채우라고 명령했다. 펌프 물 퍼 올리는 일꾼처럼 주저함이 없다. 지극히 당연하다. 그녀는 아침잠을 설쳐가면서 펌프를 굴러야 하는 고역을 떠맡은 거나 다름없다.

그녀는 헉! 헉! 숨이 가쁘다. 손바닥은 발갛게 물집이 잡혔다. 다음 날 새벽에 보면 대형 물통 두 개가 예외 없이 비워져 있다. 설사 몇 바가지의 물이 남아 있다고 해도 그것을 박박 긁어 채마밭에 뿌려주곤 했다. 마루 걸레라도 빨고 나서 뿌려주어도 족한 것을 주인집 할머니는 물을 아낄 줄 모르는 사람 같았다.

그녀 부부와 여섯 살 현석이, 네 살 경석, 그리고 첫돌 지난 순미 등 모두 5명이지만 일정 기간 회사에서 숙식하는 현석이 아빠를 제외하면 물을 사용하는 인원은 4명이었다. 그녀가 사용하는 분량에 비해 주인집은 식구도 없으면서 몇 배나 많은 양을 소비한 것이다.

펌프 가에 작은 그림자가 나타났다. 동진이었다. 새벽이슬도 채 마르지 않은 시간에 동진은 산딸기를 따러 산에 갔다 온 모양이다. 바짓가랑이가 온통 젖어 있다. 산딸기 따는 일이 즐거운가. 배가 고파서인가. 동진이가 그녀에게 불쑥 산딸기를 내민다.

"너나 먹지 그러니?"

동진이 준 산딸기는 알갱이가 토실하고 향내가 짙었다. 산딸기의 검붉은 빛깔은 산티아고에게 자아의 신화를 설명하는 연금술사의 강렬한 눈빛을 떠올리게 했다. 연금술사는 '눈빛은 곧 영혼의 힘을 보여준다'고 말했다. 산딸기는 동진의 눈빛을 닮은 것 같았다. 동진의 초롱초롱한 눈빛이 산딸기로 보일 때도 있었다.

"우리 엄마는 산딸기를 좋아하셨어요. 엄마가 있다면 엄마를 주었을 텐데… 뭐, 괜찮아요."

동진이 뜬금없이 엄마 이야기를 꺼냈다.

"어머나! 동진아, 너희 엄마 어디 계시냐?"

"아빠가 교통사고로 돌아가시자 여섯 살 때 엄마도…."

"음! 그래?"

동진은 키도 몸체도 너무 작아서 학교에 다닐 거라는 생각을 하지 못했다. 체형에 비해 별처럼 영롱한 눈빛은 인상적이었다.

서울에서 어린이집 다니다가 중단한 현석, 경석 형제를 비롯하여 어른인 그녀도 산동네가 한 없이 적적했다. 집 앞을 흐르는 개울물이 그들 가족에게 놀이터 겸 쉼터였으나 개울물이 마르자 그녀는 쫓기듯 순미를 들쳐 업고 들로 산으로 갔다. 그녀가 나물을 뜯는 것은 나름대로 시골 생활을 잘 견뎌내려는 몸짓이었다. 동진은 그림자처럼 그녀를 따라다니면서 현석과 경석 형제를 보살펴 주었다. 동진은 현석이네의 가장 친근한 이웃이나 마찬가지였다.

매일 저녁 보리쌀 삶을 시간대에 방영하는 어린이 TV 만화, 태권브이. 마징가 제트, 마린 보이, 원더우먼을 보기 위해 동진은 동네 조무래기들과 함께 현석이네 셋방으로 오는 게 일상이 되었다. 어린이 만화 프로가 끝나면 다른 집 아이들은 TV 앞에서 스스로 일어나는데 동진은 저녁밥 먹을 시간이 다 되었는데도 가지 않았다. 그녀는 주인집 할머니에게 동진 엄마와 아빠에 대해 묻지 않았다. 해가 저물고 저녁시간이 되었는데도 손자를 데리러 오지 않는 할머니가 그녀는 무서웠다.

현석이 아빠는 회사 일로 동분서주 주말에 한 번 올까 말까 했다. 남편이 다녀가고 나면 주인집 할머니가 그녀를 안채 대청마루로 불러 앉히고 이것저것 캐물었다.

어느 회사를 다니느냐? 왜 집에 오지 않느냐?

애들 아빠는 이제 막 건설 중인 공장─서울 K 본사에서 파견 나온 자재 관리 책임자이다. 주야로 작업이 진행되므로 회사 기숙사에서 숙식을 한다. 공사가 종료 되는 대로 다시 서울로 간다. 집 계약서 쓸 때 미리 알렸지만 할머니의 궁금증은 끝이 없는 듯하다. 할머니의 채근과 탐색, 질문이 뜸해진 것은 그녀 집에 TV가 들어앉고부터였을까.

소형 장롱처럼 좌우로 문을 드르륵 열면 TV 몸체가 드러나는, 당시는 그런 형태의 TV가 대세였다. 오전리 산동네에서는 아랫마을 이장네와 그 마을 부녀회장이라는 영감이 할머니네, 그리고 주인집이 고작이었더니 현석이네까지 도합 네 집이 되었다. TV는 놀이터가 없는 동네 조무래기들을 현석이네로 불러들이는 강력한 매체가 되었다.

서울과 수원을 잇는 도로변에 이제 막 큰 공사판을 벌인 K 건설회사 말고도 ○○제약회사, ○○화장품공장 등 몇 개가 더 있었다. 교통과 생활편의 시설이 턱없이 부족한 산마을로 처자식을 이끌고 모여든 도시 유민들이 골목마다 넘쳐났다. 왕천초등학교로 내려가는 큰길을 따라 급속하게 형성된 상가는 아침저녁뿐 아니라 하루 종일 시장판처럼 북적댔다.

서울로 가는 버스 노선이 새로 개통되고 오전리 마을 뒷산 중턱에는 흡사 벌집 닮은 형태의 간이주택들이 속속 들어섰다. 주택이 무슨 벌집 같다고 할까. 아니 주택이란 말은 택도 없다. 슬레이트 지붕에 들어가는 문만 있지 바람이 지나갈 창문 하나 없는, 방 한 칸에 부엌이 딸린 무허가 판잣집이었다.

출입문을 열면 곧바로 연탄 아궁이가 눈에 들어오고 연탄 아궁이 위에는 김이 솔솔 나는 커다란 양은솥이 얹혀 있는 풍경은 어느 집이건 비슷했다. 연탄가스가 부엌과 방안을 가득 채워도 부엌문 겸 출입문을 여는 것으로는 별 효과가 없는, 상당 부분 위험하고 불편한 주거공간이었다.

그녀가 세 든 집은 그 마을에서 몇 안 되는, 제법 잘 지은 기역 자 형태의 기와집이었다. 집 앞에 작은 개울이 있고, 오전리 뒷산을 배경으로 고즈넉하게 자리 잡았다. 창문이 산등성이 쪽으로 두 개나 뚫려 있어 방과 부엌은 넓고 밝았다. 출입문 앞에 쪽마루가 놓여 있어 쪽마루는 아이들의 간이 놀이터가 되었다.

펌프 가로 소리 없이 다가온 작은 그림자, 동진의 조그만 얼굴이 검게 그을려 있다. 코가 오뚝하고 눈빛은 언제 보아도 맑고 깊었다.

"아줌마! 제가 할게요!"

"동진아! 학교에 안 가니?"

왕천초등학교는 그 마을의 유일한 교육기관으로 만약에 중학교에 진학하기로 하면 큰 도시로 유학을 가야 한다. 외지로 유학 가려면 공부를 더 잘해야 할 것이었다.

"아줌마! 제가 물을 풀게요!"

"힘들어. 너는 안 돼!"

펌프는 동진의 키보다 더 높았다. 주인집 할머니가 달려왔다.

"이누무 새끼! 저리 비키지 못해?"

할머니는 동진의 작은 체구를 양동이로 밀쳤다. 동진이 두 손으로 머리를 싸안고 우는 시늉을 한다. 그녀는 묵묵히 펌프대에 힘을 준다.

"내 말 좀 들어보라구! 애기 엄마 네가 우리 집에 이사 오고 나서 동네 아새끼들이 시도 때도 없이 이리루 모여 들잖어. 우리 손자 녀석까지 병아리 새끼마냥 애기 엄마만 따라다닌단 말여."

할머니의 역정이 시작되었다.

"즈그 애들도 셋이나 되면서 대체 무슨 까닭으로 동네 애들을 받자하는 겨? 애가 셋이나 있어 세 안 줄라 했는데 애기 엄마가 인상이 선하고 해서 내가 그냥 주었던 거여. 알지? 저기. 저것 좀 봐! 꽃 대궁 부러진 거 보여? 안 보여? 내 눈에 띄었으면 뉘 집 아 새낀지 당장 손모가지를 끊어놓을 것을."

할머니가 안채 건물 앞 화단의 백일홍 나무를 보라 한다. 막 봉오리를 벌기 시작하는 백일홍 꽃대가 무참하게 꺾여 있었다. 오늘 낼 활짝 피어날 연분홍 꽃봉오리였다. 할머니는 사람보다 꽃이 먼저인가? 아들 내외가 없어 심화가 깊은가.

화단에는 채송화, 과꽃, 분꽃, 백일홍, 봉선화, 금잔화, 나팔꽃 등, 대부분 일년초들이 가득 심겨져 경쟁하듯 꽃을 피워냈다. 그중에서 넝쿨 화초들은 넝쿨 순을 허공으로 마구 뻗어 올리고 있었다. 마치 도시에서 살 곳을 찾지 못해 방황하다가 개발 붐을 타고 산마을로 몰려온 다수의 무리처럼 나팔꽃, 수세미, 등나무, 포도나무는 뒤죽박죽으로 얽힌 꼴 새였다.

"동네 애들 못 오게 좀 하구랴! 당최 시끄럽고 정신머리 사나워. 도시 개발인지 뭔지 바람이 불어설랑 큰 공장들이 들어서는 바람에 동네 인심이 사나워졌어, 저자에 맨 낯모르는 사람들이 벅신거리니 문밖출입도 조심스럽다고."

할머니는 바가지로 물을 펑펑 퍼서 양동이에 채우며 푸념한다.

"애기 엄마! 이것 좀 번쩍 들어다 우리 정짓간에 가져다 놓구려!"

그녀는 펌프 구르는 동작을 멈추지 않는다. 멈출 수가 없다. 멈추면 더는 펌프를 구를 수가 없을 것 같다. 하루 이틀도 아니고 매일 같이 펌프를 구르다보니 기진맥진이다. 서울에서 수도꼭지만 틀면 물이 주르르 쏟아지는 순조로운 환경에서 살다가 주인집 물까지 대령해야 한다. 어린이집도 개설되지 않은 산마을에서 취학 전의 아이 셋을 혼자 돌보아야 하는 그녀는 체력이 달렸다. 이럴 줄 알았으면 이사 오지 말 것을, 오랜 가뭄과 물 긷기는 감히 예상을 못 하던 일이었다.

동진 할머니는 씩씩거리며 물 양동이를 들고 부엌으로 들어간다. 땅딸한 체구에 목덜미의 탄력은 삼십이 채 안 된 그녀를 능가했다. 가뭄이 길어져 물이 귀하다 보니 산 아래 큰 우물에서는 자주 분쟁이 일어났다. 물통을 순서대로 대놓아도 잠시 한눈팔면 뒷전으로 밀려나기 마련이다. 눈에 불을 켜고 밤을 새우다시피 지키고 있어야 겨우 차례를 찾아 먹을 수 있다고 했다. 할머니 말에서 너희는 펌프가 있는 집에 세 사는 걸 고마운 줄 알아라 하는 듯한 뉘앙스가 언뜻 내비쳤다.

남자들은 공장일도 고달픈데 집안에서 사용할 물까지 길어주고 출근을 해야 했다. 아낙네들이라고 종일 다리 뻗고 누워 지내는 것도 아니다. 대규모 채마밭을 소유한 그 마을 토박이 이장네의 밭일을 도우거나, 영갑이네에 세든 열댓 가구가 집단으로 사용하는 공동변소를 청소한다든지, 안채 마당과 셋방 가구를 연결하는 긴 통로의 상수리나무 아까시 나무

사이로 눈치껏 싸리비를 끌고 다니거나 했다. 흔해빠진 시금치라도 한 소쿠리 얻어먹기는커녕 일 같지도 않은 일들이 셋방살이하는 아낙네들을 고달프게 했다.

부모 따라 산마을로 이사 온 아이들은 저녁 끼니때가 되면 현석이네로 제 어미가 데리러 온다. 대개는 아이들 스스로 TV 앞에서 일어난다. 동진은 아니다. 애들을 부르러 온 어미들은 단칸방에 참하게 들어앉은 이웃 아이들을 보고 그녀에게 고맙다고, 혹은 미안하다고 인사를 차렸다. 그중 한 엄마는 쑥개떡을 쪄서 가져오기도 했다.

그녀는 집에 가지 않고 남아있는 동진에게 요기할 것을 준비한다. 혼잣손에 애들 셋을 건사하기도 벅찼으나 동진을 내칠 수는 없다고 여긴다. 떡볶이를 해주거나 오뚜기 라면을 한두 개 더 끓여 동진을 먹인다. 가끔은 서울우유 공장 넘어 먼 산을 올라가는 초입에 있는 양계장에 애들을 데리고 간다. 계란을 사와 막걸리를 넣고 빵을 쪄주기도 한다. 간식 겸 자주 해 먹는 음식이므로 하는 김에 동진이도 챙겨주었다.

동진이가 현석이네의 단칸방에 붙박이처럼 앉아 있는 것은 그녀가 이 등칫골로 이사 오고부터라고 해야 맞다. 작은 장롱처럼 생긴 TV를 구입하기 전, 동진의 용건은 현석이와 산에 올라가는 일이었다. 현석이 영문을 몰라 주춤거리면 동진은 제 등을 내밀고 현석에게 업히라고 했다. 8살 동진이가 현석이를 동생처럼 보살핀다. 현석이 동진에게 업힐 때 보면 영락없는 가을 들판의 메뚜기 형상이다. 어미 몸보다 더 큰 새끼메뚜기는 현석이었다.

산딸기는 동진이뿐 아니라 부모 따라 산마을에 강제로 편입된 아이들에게 긴요한 간식이었다. 잘 여문 산딸기 말고 까치 시영, 껍질 벗기고 씹어 먹는 연한 식물이 또 있다. 까치 시영은 아삭아삭한 게 씹는 소리도 시원하고 목이 마를 때 제격이었다.

그녀도 애들을 따라 두어 번 산딸기를 따러 간 적이 있다. 가시덤불을 헤치느라 손등을 긁힌다. 때로는 벌떼의 습격을 받고, 산딸기나무 아래 똬리 틀고 있는 독사를 만나기도 한다. 큰 바위가 많은 등칫골 뒷산엔 유난히 뱀 굴이 많다. 그렇게 딴 산딸기를 동진은 현석이 바구니에 몽땅 쏟아주었다. 현석이가 사양해도 동진은 막무가내였다.

할머니는 동진이 학교에 가건 말건, 산딸기를 따러 가건 말건 별로 참견하지 않는 것 같았다. 끼니때가 되어도 동진을 데리러 오는 일이 없다. 가끔 동진이 현석이 네에 오지 않는 날은 안채에서 동진의 울음소리와 함께 할머니의 격앙된 목소리가 들려오기도 했다.

그녀는 남편이 집에 오는 날. 수면에 방해가 될까 싶어서 바람이 불거나 비가 내리거나 상관없이 아이들을 데리고 산으로 들로 헤매고 다닌다. 그럴 때도 동진은 그녀를 졸졸 따라왔다. 지금 생각하면 어미의 사랑을 갈구하는 그 애의 방식이었다. 동진에게 좀 더 따뜻하게 대해 주었더라면 하고 후회할 때가 있다. 사랑은 주어도 주어도 마르지 않는다고 했던가.

동쪽으로 향한 부엌 한가운데로 아침 햇살이 질펀하게 깔려 있다. 엄마의 기척에 여섯 살 현석이 눈을 비비며 밖으로 나온다.

"엄마! 동진이 형 왔어?"

"동진이 이따가 올 거야. 현석이 배고프지? 우리 밥해 먹자!"

배가 고픈 것은 그녀였다. 두어 시간 넘게 펌프질을 해댄 끝이라 허기가 진다.

쌀을 씻어 뚝배기에 뜨물을 받아 냉이를 넣고 된장을 푼다. 저번에 사다가 묻어둔 파를 개울가에 내려가 두어 뿌리 뜯어온다. 잎새는 시들었어도 뿌리 쪽은 실했다. 그녀는 세 아이들을 이끌고 식자재를 사러 2km도 넘는 산 아래 상가에 내려가는 일을 힘들어했다. 주인집 텃밭에는 열무며 배추, 상추, 깻잎, 풋고추, 파, 호박, 없는 것이 없지만 그림의 떡이다.

"현석아! 동생들 깨워줄래?"

뻐꾸기시계는 오전 9시를 가리키고 있다. 그날따라 펌프 구른 시간이 길었던 탓이다. 찬장 위에서 소반을 내려 주섬주

섬 밥과 반찬을 진설하고 방안으로 들고 들어간다. 경석이와 순미도 현석이 옆에 나란히 앉았다.

불구덩이 같은 뜨거운 햇살이 집 건물 안팎으로 열을 뿜어 내고 있다. 햇살이 부엌 벽을 달구는 이맘때면 새빨간 등짝에 둥글고 검은 반점이 박혀있는 무당벌레가 금빛 날개를 펼치고 눈부신 축복처럼 떼 지어 날아왔다. 무당벌레는 길이가 고작 1cm도 채 안 되는데 광택이 나고 화려한 몸체가 흡사 무당처럼 보였다. 무당벌레, 혹은 딱정벌레 됫박벌레라고도 한다. 우리나라에만 80여 종이 있고, 일본에서는 하늘을 향해 올라가는 모습을 보고 천도충天道蟲이라 하고, 프랑스인들은 '하느님이 주신 좋은 선물' 독일에서는 '성모마리아 딱정벌레'라고 부른다고 한다.

이 무슨 행운인가. 귀한 명칭을 가진 무당벌레가 무리 지어 날아온 게 그녀는 신기했다. 진딧물이나 잡아먹고 산다는 무당벌레가 그처럼 아름다울 수가 있을까. 색깔이 유려하고 그들의 군무는 볼수록 황홀했다.

순미는 여느 아이들보다 더 무당벌레를 좋아하는 것 같다. 무당발레를 보기 위해 밥을 빨리 먹은 듯 순미의 볼에 하얀 밥풀이 눈꽃처럼 붙어 있다. 옷에도 다리에도 밥풀이 붙었다. 순미를 안아 올려 밥풀을 뜯어준다.

무당벌레를 발견한 현석이와 경석이가 환호성을 지른다. 순미도 좋아라 손뼉을 짝짝 친다. 세 아이가 벽 쪽으로 다복다복 붙어 서서 무당벌레를 구경한다. 이웃 아이들이 하나둘 현석이네로 모여든다. 산동네 조무래기들의 새로운 날은 늘 그 지점에서 출발하는 것이다.

"이누무 새끼들! 또 왔어?"

할머니 손에 커다란 물바가지가 들려 있다.

"앗 차거워! 왜 물을 뿌려요?"

아이들의 항의하는 목소리가 이구동성으로 골짜기를 울린다. 어느 엄마도 아이들이 욕을 먹건 물벼락을 맞건 나와서 항의하는 목소리가 없다. 항의는커녕 숫제 알지도 못한다. 연탄 냄새에 취해 쪽방에 널브러져 있거나 왕곡천으로 빨래를 하러, 혹은 산더덕을 캐러 큰 산에 갔는지 그녀는 그들의 행방을 굳이 알려고 하지 않는다. 할머니는 분이 풀리지 않은 듯 아이들이 흩어져 간 골짜기를 노려본다.

아침 설거지를 마친 그녀가 밖으로 나온다. 무당벌레가 앉았던 부엌 벽엔 물 얼룩뿐, 그 많던 무당벌레는 한 마리도 남아 있지 않았다. 무당벌레를 환호하던 동네 아이들도 흩어져 갔다. 공을 차거나 줄넘기 할 평지조차 없는 산마을에 이사 온 아이들이 그녀는 가엽다.

몸을 돌려 언덕 아래를 내려다본다. 순미가 엄마를 보자

아장아장 다가온다. 물을 홈빡 뒤집어쓴 듯 순미 머리에서 물방울이 뚝뚝 떨어진다. 움켜쥔 주먹에는 무당벌레가 소복 들어 있다.

"순미야! 이게 뭐야? 무당벌레 예쁘지? 살려줄까?"

순미 주먹에 든 무당벌레를 날려 보낸 후 순미를 안고 방으로 들어간다.

"내가 뭐랬어? 동네 아새끼들 받자하지 말랬지? 젊은 댁이 이 노인네 말을 개머루로 듣는 거여? 뭐여? 그렇다면 우리 집에 못 살지. 암 못 살고말고."

가뭄이 심해지면서 할머니의 성정이 더욱 험악해진 감이 없지 않다.

물벼락을 맞고 흩어진 아이들이 한낮이 기우는데도 돌아오지 않는다. 아이들 재잘거리는 소리가 들리지 않으니 산마을은 깊은 정적에 잠겨 있다. 그녀는 순미 손을 잡고 펌프가를 서성거린다. 시간은 바삐 흘러갔다. 저녁 어스름이 산마을을 휘감는다. 그녀가 뒷산을 바라보며 망연히 서 있다.

"현석아! 경석아! 동진아."

산을 향해 큰소리로 외쳤다.

"현석아! 경석아! 동진아!"

산이 대답한다.

후두둑! 두둑, 두둑! 빗방울이 떨어진다. 순식간에 검은 구름이 무더기로 몰려온다. 바람이 쏴아! 산과 숲을 휩쓸고 지나간다. 현석이가 헐레벌떡 달려오고 있다. 경석이도 뒤따라온다.

"와아! 비야 비! 비가 온다!"

그녀가 손바닥을 펴 빗물을 받는다.

"동진 형아! 비 온다! 애들아! 빨리 내려와!"

빗방울이 굵어졌다. 바람결도 점점 거세진다. 현석이네 가족이 합창으로 부르는 소리가 빗소리에 묻히고 만다.

좌륵, 좌르륵! 딱!

영갑이네 지붕 기와가 깨지는 소리일까. 빗소리가 더욱 사납다. 그녀가 순미를 등에 업고 한 손으로 현석이 손을, 현석이는 경석이 손을 잡은 채 집으로 뛰었다. 그때였다.

─등칫골 주민 여러분. 폭우주의보를 알립니다. 오늘 밤중에 강풍을 동반한 폭우가 내린다는 기상청 예보입니다. 만일에 대비하여 간단한 물건을 꾸려 부녀회장 집 안마당이나 마을회관으로 오시기 바랍니다. 곧 피난을 서둘러 주시기를 부탁드립니다. 오전리 마을 부녀회장 ○○이 전해드렸습니다.

방송은 여러 차례 반복되었으나 거친 빗소리에 내용을 제대로 파악할 수 없다.

"엄마! 동진이 형 어떻게 해?"

"내려 올 거야. 어서 방으로 들어가!"

그녀는 애들에게 젖은 옷을 벗기고 새 옷을 입혔다. 전등불이 꺼졌다. 천지가 캄캄하다. 그녀가 초를 찾아 켜는 동안 빗소리는 더욱 강하고 위협적으로 변했다.

구릉! 구릉! 험상한 소리가 들려왔다. 큰 산이 꺼지는 변고를 예고하듯 그것은 음울하고 구슬프게 이어졌다.

"얘들아! 잠들면 안 돼!"

그녀가 앉은 채로 졸고 있는 애들을 일깨운다.

콰르릉 딱! 딱!

천둥 번개가 하늘을 부술 듯 요란하다.

─주민 여러분! 어서 집 밖으로 나오십시오! 현재 경기 남부 지역의 강우량이 500mm에 이르고 있습니다….

마을 회관에서 방송이 나오다 말고 끊겼다. 사태가 급박하게 돌아가는 추세다. 집 앞 작은 개울은 눈 깜짝할 사이에 황토 강이 되었다. 큰 바위들이 구릉, 구릉 굴러가며 아랫마을을 휩쓴다. 나무가 뿌리째 뽑히고 집 기둥이 맥없이 쓰러진다.

우지끈 딱!

무엇이 무너지고 무엇이 결딴나는 소리일까? 하늘의 소리를 제외하고는 인간의 소리는 일체 감지되지 않고 있다.

"위험합니다! 빨리 나오세요!"

홀연 창밖에서 마을 장정들이 외쳤다. 맨 먼저 현석이가 장정의 손에 끌려 영갑이네 마당으로 이동했다. 그다음은 경석이, 마지막으로 그녀가 순미를 안고 창문을 넘었다. 가방이고 물건이고 아무것도 챙기지 못했다. 물 흐르는 소리가 일체의 감각을 마비시켰다. 수십 개의 집채만 한 바윗덩어리가 탱크 굴러가듯 구릉, 구릉, 괴상한 소리를 냈다. 현석이네 집도 맥없이 거센 물결에 휩쓸렸다.

그밤 등칫골에 둥지를 튼 다수의 사람들은 부녀회장네의 안마당에 멍석을 펴고 빙 둘러앉아 뜬눈으로 밤을 지샜다.

날이 밝았다. 뒷산 중턱의 게딱지 집들과 그 한참 아래 있는 동진이네 집 건물이 형체도 없이 사라졌다. 작은 개울이 거대한 황토 강으로 둔갑, 황토 강은 아랫마을 초가집들을 무너뜨리고 저 멀리까지 흘러내려 바다처럼 넓고 깊었다. 사람들은 숫제 입을 열지 못한다.

오전리 산마을에서만 사망자가 0명이라고 했다. 산속에 들어갔던 동네 아이들 중 6명이 죽고, 실종자는 동진이 한 명뿐이라는 비보였다. 이장님은 동진이 할머니가 초저녁잠에 들어 미처 빠져나오지 못하고 급물살에 휩쓸려 ○○교회 아래 논바닥에서 겨우 시체를 찾았다고 전했다.

마을 회관은 시체 안치실로 변했다. 회관 밖이나 안은 똑같이 참혹했다. 동진이는 쉬이 돌아오지 않았다. 오전리 산사태 뉴스가 TV와 신문에 떠들썩해도 동진은 마을에 모습을 나타내지 않았다. 동진이 할머니는 무연고로 지정, 면사무소 주관으로 합동 장례식을 치렀다. 면사무소에서 신속하게 천막을 세워 수재민들을 수용했다. 수재민 대부분은 불량주택에 거처하던 사람들이었다. 마을 사람 누구도 동진의 행방을 찾지 않은 채 가을을 맞이했다. 수재민 천막에 귀뚜라미 소리가 잦아들 무렵 현석이 아빠의 회사 일이 일단락되었다. 현석이네는 동진의 소식을 알 길 없는 채 수재민 생활을 마감했다.

인간은 누구나 자신의 타고난 운명으로부터 도망갈 수 없는가. 사는 동안 수많은 고난과 불운 가운데서도 자비로운 전능의 신은 변함없이 인간을 지켜주는 것인가. 현석이네 일가는 산마을을 떠나 서울 본집으로 무사히 복귀했다.

그녀의 남편은 이미 세상을 떠나고 현석, 경석은 해외에서 살고 있다. 순미도 곁에 없다. 그녀는 혼자서 세기물산 신축 공장 개관식에 참석하기 위해 집을 나섰다.

여름 하늘은 맑고 푸르렀다. 오전리 가는 길은 넓고 시원하게 뚫려 있었다. 연도의 가로수와 건물들도 잘 정리되고 거대해보였다.

그녀는 택시에서 내려 산 중턱에 아담하고 낮은 직사각형 건물이 여러 동 늘어서 있는 길을 더듬어 올라갔다.

개관식은 거의 끝나가고 있었다. 안내하는 직원을 따라 대강당에 들어서자 맨 앞자리에 앉아 있던 박동진이 뛰어와 그녀에게 덥석 안긴다.

"아! 고향 냄새! 아줌마가 바로 저의 고향이었어요."

동진이 울먹였다.

"네가 원한다면 내가 너의 고향이 되어주마!"

동진이 고개를 끄덕인다.

"제가 댁까지 모셔다드릴게요."

동진의 차에 동승했다. 세기 물산 박동진 사장의 차에서는 아름다운 노래가 흘러나왔다. '나의 살던 고향'이었다.

그녀가 작은 소리로 노래를 따라 불렀다. 순간 운전대를 잡은 박동진의 눈에서 등칫골 산딸기를 닮은 여문 눈물이 주르르 흘러내렸다.

꽃밭 방공호

잠결이었다.

무슨 기척에 봉희는 잠을 깼다. 선잠을 깬 봉희의 눈에 형제들이 나란히 누워 잠자고 있는 것이 보였다. 옆에 큰언니가 있는지 오라비들이 있는지 확실한 것은 알 수 없다. 다만 누군가가 옆에 있다는 사실만으로 봉희는 안도하는 기색이다.

그때였다. 덩치가 큰 사람이 방안으로 저벅저벅 걸어 들어왔다. 분명 꿈은 아닌 것 같았다. 그가 이불을 질겅질겅 밟고 다녔다. 긴 막대, 혹은 긴 칼을 좌우로 흔들며 무어라고 중얼거리는 소리도 났다.

희끄무레한 어둠 속에서 그 큰 덩치 말고 다른 또 하나의 형상이 나타났다. 봉희가 이불자락을 제치고 살그머니 그 형상을 훔쳐본다. 모자를 썼고 제복을 입은 폼이 흔히 아이들이

144

울면 어른들이 '순사 온다!' 라고 겁을 주던 바로 그 일본 순사인 것 같았다.

일본 순사가 온다고 하면 아무리 떼를 쓰고 울던 아이도 울음을 뚝 그친다고 했다. 더 옛날에는 우는 아이를 달래고자 할 때 곶감이다! 라고 했다던가. 그 시절에는 우는 아이를 달래는데 호랑이보다 곶감이 더 효과가 있었던 것 같다.

세월이 사악해져 일본 사람이 대한민국을 강점하고부터 우는 아이를 그치게 하는 것은 호랑이도 곶감도 아니었다. 그것은 일본 순사였다. 일본 순사는 유니폼을 입었고 긴 칼을 옆에 차고 거들먹거리고 거리를 활보했다. 그 긴 칼은 칼집에 들어 있어도 위압적이었다. 떡 벌어진 어깨와 함께 일본 순사는 아이들에게 귀신보다 더 무서운 존재가 되었다.

그 무서운 존재가 한밤중에 봉희네 집에 나타난 것이다. 그날 밤에만 나타난 게 아니었다. 봉희는 잠자다가 자주 신작로의 전봇대처럼 큰 덩치들이 집안을 왔다 갔다 하는 것을 보게 되었다. 그들은 아버지보다 키가 더 큰 것 같았다. 봉희는 큰 덩치와 긴 칼에 기가 질렸다. 봉희가 숨을 죽인 채 이불을 머리 위로 끌어 올린다.

일본 순사가 육중한 구둣발로 이불을 짓밟았다. 가끔 제일 가장자리에 자고 있는 봉희의 다리가 그들의 칼끝에 걸릴 때도 있다. 악! 소리가 터져 나올 뻔한 것을 봉희는 가까스로 참

왔다. 왠지 모르지만 참아야 할 것 같았다. 악! 하고 소리를 지르는 순간 일본 순사가 긴 칼로 봉희를 내리칠까 봐 두려웠다. 큰 소리를 지를 수가 없다는 것을 네 살 봉희는 스스로 알아차린다.

다리가 걸린 게 그나마 다행일까. 그 힘센 구둣발로 가슴이나 배를 밟혔다면 어쨌을까. 연년생 남동생 때문에 일찍 젖을 뗀 봉희는 생각만으로도 살이 덜 덜 떨리고 숨이 찼다.

일본 순사가 안방으로 대청마루로 사랑방으로 몇 번이나 왔다 갔다 하는 기척을 느낄 수 있었다. 안방에는 어머니와 남동생 두 명, 그리고 언년이가 자고 있을 터였다. 사랑방은 아버지의 출타로 비어 있는 날이 많았다. 아버지가 계신 날은 두 오라비가 아버지와 함께 사랑방에서 잠을 잤다.

그들이 칼로, 몽둥이로 이불을 마구 치고 쿡, 쿡, 찔러댔다. 날카로운 소리가 난 것도 같았다. 솜이불이 베어지는가, 이불 깃이 찢어지는가. 그들은 아랑곳이 없다.

그들의 야밤 횡포가 잠시 뜸할 때쯤 언년이가 잽싸게 다가왔다. 언년이는 봉희를 포대기로 싸안았다. 서둘러 대문을 나와 길 건너 창용이네로 달려갔다. 새벽 달이 이울고 있는 거리는 음산했다. 창용이네 대문은 열려 있었다. 언년이는 봉희를 창용이네 마루에 눕히고 이내 자리를 떴다. 봉희는 그 상태로 잠이 들었던가. 봉희의 기억은 그 지점에서 더 이상 진

전이 없다.

울타리 가에 사발나팔꽃이 환하게 피어있었다. 해가 떠오
르자 봉희는 언년이 등에 업혀 집으로 돌아온 것일까. 시름시
름 잠들었다 깨면서 낮 시간이 지나갔다.

밤이 되었다. 주변이 조용해지면서 누가 먼저인지 모르게
잠이 들었던 것 같다. 그러나 봉희의 잠은 깊지 않았다. 봉희
는 홀연히 잠이 깼다. 고개를 좌우로 돌려본다. 그녀 곁에 아
무도 없다.

어디선가 무슨 소리가 들리는 것 같았다. 봉희는 눈을 비
비며 소리의 향방을 찾아 나섰다. 대청마루 건너편 사랑방은
오라비들이 자고 있었다. 부엌을 지나 주춤주춤 뒷곁 쪽으로
다가가자 거기 목욕탕에 잇대어 지은 뒷방에서 사람 소리가
났다. 아버지의 목소리도 들려온 것 같았다.

말이 뒷방이지 실제로는 가로세로 꽤 넓은 공간이었다. 뒷
곁 목욕탕 뒤로 작은 출입문이 있는 비밀의 방이었다. 아무런
가구도, 물건도 들여놓지 않은 방, 명절 때 손님이 오면 주로
손님방으로 사용하던 방이었다. 평소에는 거의 비어있는 뒷
방에 아버지를 중심으로 중년 아저씨들 대여섯 명이 빙 둘러
앉아 있었다.

방 가운데 풍로가 놓여있고 풍로에는 숯불이 벌겋게 타오

르고 있었다. 그 위에 얼핏 보기에도 제법 큰 냄비에 두부찌개가 구수한 냄새를 풍기며 보글보글 끓고 있었다.

"잘 익은 김치를 송송 썰어 상에 올려라!"

어머니의 나직한 음성이 들려온 듯했다. 언년이가 연신 부엌을 오르내리며 김치며, 도토리묵 대접을 쟁반에 받쳐 들고 뒷방으로 가는 것도 봉희는 보았다. 한밤중에 무슨 일일까. 뒷방의 분위기는 매우 화기애애했다.

박○○라고 부르는 아저씨는 지난겨울에도 장년 남자 여럿을 거느리고 봉희네 집에 왔다. 그때도 봉희는 잠자다가 깨어나 뒤꼍의 뒷방으로 갔다. 해삼을 썰고 있던 어머니가 봉희를 보자 기겁을 하고 일어나 봉희 손을 잡고 안방으로 데려갔다. 큰언니에게 봉희를 재우라 하고 어머니는 바로 뒤꼍으로 되돌아갔다. 그렇게 여러 차례 봉희는 박○○라고 하는 아저씨와 그 아저씨가 몰고 오는 중장년 아저씨들이 뒤꼍 방에 모여 앉은 것을 목격했다.

그런 날이면 새벽녘에 어김없이 서슬이 퍼런 일본 순사가 긴 칼을 차고 봉희네 집을 찾아왔다. 처음에는 그들이 일본 순사인지 누구인지 봉희는 알지 못했다. 그들이 일본 순사인 걸 알게 되기까지 봉희는 적잖이 혼란을 겪었다. 혼란보다는 공포와 불안이었다. 어린 마음에도 일본 순사와 함께 중절모자를 점잖게 눌러쓰고, 유독 그 혼자 양복차림이던 박○○라는 아저씨가 예사롭게 보이지 않았다.

아버지는 박○○ 아저씨가 한밤중에 와도 여간 반가워하는 눈치가 아니었다. 어머니 또한 싫은 기색 하나 없이 젖먹이 동생을 등에 업고 언년이와 함께 따끈한 두부찌개와 해삼, 도토리묵국수, 찹쌀떡, 어머니가 집에서 손수 담근 식혜 등으로 한상 거하게 차려내곤 했다. 뒤곁 방의 손님 접대는 호쾌한 웃음소리와 함께 생동감이 있었다.

한밤중의 손님맞이가 끝나고 서너 시간 후면 일본 순사가 집에 쳐들어왔다. 일본 순사는 어디서 무슨 낌새를 맡은 것인가. 서로 맞닥뜨리지 않은 것은 천운이었을까. 박○○라는 아저씨는 누구이며, 대체 무엇을 하는 사람인가. 봉희는 그것까지 헤아릴 수는 없었다. 박○○ 일행이 봉희네에 나타나는 것을 어디서 어떻게 포착했는지는 알 수 없지만 한밤중의 일본 순사 출현은 봉희에게 공포를 몰고 왔다.

여름의 끝자락이었을까. 봉희네 꽃밭이 돌연 방공호로 변했다. 늦은 가을까지 각종 꽃을 피우던 아름다운 꽃동산이 무참하게 망가진 것이다. 봉희네는 봉선화 꽃잎을 따서 절구에 콩콩 찧어 대청마루에 둘러앉아 손톱에 물들이던 향기로운 그림을 더는 그릴 수 없게 되었다.

아침 해가 떠오를 무렵 봉희네 집 울타리 가에 사발나팔꽃이 환하게 피어났다. 진분홍색 보라색 흰색 나팔꽃은 늘 웃음소리가 들려오는 봉희네 집을 빛내주는 행복 천사들이었다. 방공호를 파기 전까지 대문을 열면 키 작은 색색의 채송화, 짙은 원색의 백일홍, 닭볏을 닮은 맨드라미, 별로 예쁘지는 않아도 손톱 물들이는데 없어서는 안 되는 봉선화, 화려하고 가냘픈 할연화, 늦서리가 내릴 때까지 당당한 기풍을 뿜어내는 국화 등, 이 꽃 저 꽃 어울려 피어나던 사랑의 꽃밭이었다.

아버지는 일꾼을 불러 꽃밭을 뭉개고 방공호를 판 것이다. 큰언니 말로는 태평양에 큰 전쟁이 일어나서 일본 땅에 비행기가 공중폭격을 한다던가. 꽃이나 보고 즐길 때가 아니라는 것 같았다. 그 후로는 아버지에게 밤손님들이 오지 않은 것 같다. 물론 일본 순사의 큰 덩치도 더는 볼 수 없었다.

그때 뭉갠 것은 꽃밭뿐이 아니었다. 일상의 질서와 가정의 평화도 꽃밭과 함께 뭉개져 버렸다. 봉희의 배앓이도 그즈음 발생한 것으로 추측되었다. 봉숭아꽃을 비롯 모든 식물 가족도 압사를 당한 것이다.

꽃밭 방공호는 온 가족이 다 들어앉을 만큼 넓었다. 넓기만 했지, 음습하고 어두운 것이 흠결이었다. 오라비들이 동네 개구쟁이를 몰고 들어오면 아버지와 어머니는 방공호에 이웃 아이들 접근을 허락하지 않았다. 그곳은 숨는 곳, 이를테면 비행기 공습을 피하기 위한 피난처였기 때문이었다.

태어나 겨우 3, 4년을 살 동안 단 한 번도 본 일이 없는 비행기에 관한 이야기는 일본 순사에 이어서 봉희에게 새로운 공포였다. 비행기 소리가 먼 데서 들려오면 재빨리 방공호로 들어가야 한다고 아버지가 여러 번 힘주어 말했다.

한낮에는 출입구를 통해 햇빛이 방공호 벽에 조금 비치기는 했다. 방공호 출입구는 말만 출입구였다. 몸을 눕혀서, 혹은 미끄러져서도 구기고 들어가기가 어려운, 땅 구덩이에 불과했다. 더구나 봉희는 혼자서 내려오기도 쉽지 않았고, 일단 한 번 내려 온 후에는 누가 도와주지 않으면 혼자서는 절대로 밖으로 나갈 수가 없었다.

다른 집들도 나름대로 헛간에 혹은 마당 한편에 땅굴을 파서 비행기가 떴다 하면 밥을 먹다가도 숟가락을 내던지고 땅굴로 숨어 들어갈 준비를 단단히 했다. 그들과 봉희네의 다른 점이라면 봉희네는 꽃밭을 뭉개고 임시로 방공호를 만든 것이고, 이웃 만석이네는 타작마당처럼 넓은 뜰에 곡식 저장고 겸하여 곡괭이와 삽으로 2미터 이상의 넓고 큰 땅굴을 제대로 판 것이었다.

봉희네 방공호는 축축한 기운이 서려 있고, 비라도 내리면 꽃밭 방공호는 흙벽을 타고 물이 흘렀다. 엉덩이 붙이고 앉을 구석이 모자랐다. 그에 비해, 만석이네 땅굴은 습도가 덜하고 서향의 판자 울타리 쪽으로 자리 잡아 저녁나절에 햇살도 넉넉하게 들어오는 뽀송뽀송한 양질의 피난처였다. 큰 돌을 입구에 놓아 밟고 오르내리기도 봉희네 방공호에 비해서 훨씬 편리하다고 오라비들은 말했다. 두 오라비는 대부분의 시간을 만석이네 방공호에서 지내는 것 같았다.

꽃밭을 뭉개고 방공호를 만들었으나 앞집 변호사네 저택 벽돌 담장이 유난히 우람하고 높아, 해가 하늘 중앙에 떴을 때라 해도 방공호 내부까지 밝은 빛이 스며들기는 어려웠다.

아버지는 방공호의 습한 조건을 개선하려고 방공호 바닥을 모래로 덮고, 그 위에 가마니 여러 장을 겹쳐 깔았다. 천장과 벽은 빗물이 스며들지 않도록 기름종이로 대강 잇대어 붙여놓았다. 출입구도 넓혀놓았으나 봉희에게는 여전히 넘기 어려운 장벽이었다. 열악하기 짝이 없는 지하공간에 장시간 머무는 것은 어른이든 아이든, 더구나 봉희에게는 참기 어려운 고역이었다.

낮 시간에는 사람의 윤곽이라든가 앉은 모양새를 파악할 수 있어 봉희에게 그나마 다행이었다. 가마니와 그 위에 담요를 깔아놓아 방공호 습도를 방지하기는 했지만, 어둠이나 습도보다 더 두려운 것은 봉희 혼자 방공호에 남게 되는 경우였다. 혼자 있을 때 겪게 되는 각종 벌레와 모기의 습격 못지않은, 봉희의 머리로는 도저히 헤아릴 수 없는 바깥의 수상한 기척이었다. 어디서 불이 난 것일까. 천둥 번개가 치는가. 봉희는 그럴 때마다 머리를 좌우로 세게 흔들었다.

몸을 숨기는 기능을 제외하면, 꽃밭 방공호는 봉희에게 별다른 장점을 갖고 있지 않았다. 태평양 전쟁이 아니라면 방공호는 살림살이에서 별로 중요하지도, 그렇다고 내다 버리기는 아까운 대개 그런 종류의 잡동사니를 넣어두는 용도로 국한되었을 것이다.

아름다운 꽃들이 줄줄이 피어나던 꽃밭이 방공호로 급조된 것, 그곳에서 대부분의 시간을 보내야 했던 봉희의 기막힌 사연은 한두 마디의 언설로는 부족할 것 같다. 그 무렵 봉희가 횟배를 앓았기에 더욱 그렇다. 봉희는 방공호 속에서 시도 때도 없이 요강을 타고 앉았다. 눈을 감고 요강에 엉덩이를 붙이고 앉아 있으면, 누가 나가고 들어오는지 아무것도 인지하지 못했다.

배가 꼬집어 뜯는 듯이 아프기만 했지, 시원스럽게 배출되지 않아 노상 애를 먹었다. 모기는 왜 그리 앵앵거리면서 달라붙는지, 발밑에서는 무엇이 기어 다니는지 봉희는 차라리 눈을 감고 있기 일쑤였다.

모기를 물리치려고 봉희가 몸을 비틀기라도 하면 사기요강이 삐딱하게 기울었다. 그럴 때마다 봉희가 소스라친다. 요강도 사람도 쓰러질 것 같다. 겨우 위기를 면한 봉희가 사방을 둘러본다. 앞뒤로 붙어 앉았던 오라비들과 언니가 사라지고 없다. 봉희 혼자뿐이다. 동생들은 어머니가 다른 장소에서 잘 보살피고 있을까. 봉희 까지는 어머니도 버거웠을까. 일하는 언니 역시 봉희에게 사기요강을 비워 방공호로 들이밀고는 더는 얼굴을 볼 수가 없다.

옆에 아무도 없는 것은 어린 봉희에게 재앙이었다. 온몸에 소름이 돋을 만큼 무서웠다. 연년생으로 남동생이 태어나면서부터 봉희는 어머니를 빼앗겼다. 늘 혼자라고 여겼다. 봉희는 극심한 불안감에 진저리를 친다. 방공호를 나가고 싶다. 햇볕 비치는 환한 곳으로 가고 싶다.

그날따라 두 오라비와 큰언니는 장시간 방공호를 비웠다. 방금 전까지 옆에 몸을 부대끼고 붙어 앉아 있다고 믿었는데, 눈을 떠보니 그들은 방공호에 없다. 봉희는 방공호 안을 다시 돌아본다. 막막하다. 무서워서 울지도 못한다. 이 굴 속을 빠져나가고 싶다.

낑낑대면서 겨우 요강을 벗어난 봉희가 고꾸라지듯 방공호 바닥에 눕는다. 배가 아프다. 진땀이 흐른다. 오시시 한기도 난다. 언년이가 가져다 놓은 약봉지가 어디 있는지, 마실 물은 있는지, 배가 아픈 봉희는 아무것도 알지 못한다. 방공호에 들어오기 전에는 큰언니가 약을 챙겨 주었다. 방공호로 들어오고 나서 봉희는 약을 먹는 것조차 까맣게 잊고 지냈다.

협소한 공간에서 겪는 공포는 봉희의 유년을 불행하게 만든 근본 원인이 되었다.

봉희는 울다가 까무러쳐 잠이 들었다. 하루를 잤을까 이틀을 잤을까. 거의 실신 상태였던 것 같다. 깨어나 보니 방공호가 아니었다. 따뜻하다. 안방이었다. 두루 살펴보다가 저절로 마음이 놓여 봉희는 배시시 미소를 지었다. 모처럼 봉희의 볼우물이 깊게 패인다. 방공호 밖으로 나온 게 신기했다. 높아 보이던 방공호를 어떻게 타넘었을까. 봉희를 방공호에서 나오게 한 사람은 누구일까. 언년이가 끌어내 주었을까. 아니면 큰언니?

어머니는 봉희를 돌볼 수 없이 분주했다. 봉희 밑으로 연년생 남동생과 젖먹이 동생까지 돌봐주려면 어머니는 늘 손이 모자랐다. 봉희는 대부분 큰언니와 언년이가 돌보았다.

집안에는 아무도 없다. 집안은 휑하니 찬바람이 돌았다. 그때 어디선가 힘찬 소리의 진동이 밀려왔다. 우우! 와와! 산을 넘고 물을 건너서 맹렬하게 터져 나오는 함성, 목청껏 질러대는 환호성, 그것은 무엇이었을까?

대한민국 만세! 만세!

봉희는 소리가 나는 방향으로 고개를 들었다. 보이는 것은 아무것도 없다. 봉희는 자리에서 몸을 일으킨다. 누워만 있어서는 안 될 것 같았다. 오라비들과 큰언니 간 곳을 알고 싶었다. 어머니는 바랄 수도 없다는 것을 봉희는 진즉에 헤아리고 있었다. 언년이는 행동이 민첩하고 눈치가 빠르니 어디를 갔든 그녀가 나타나기를 바랄 수도 없다.

봉희는 휘청거리면서 대문께로 걸어갔다. 집을 나선 봉희는 기왕 큰길로 나아갔다. 거리에는 손에 태극기를 든 수많은 사람들이 몰려갔다. 그들은 목이 터져라 만세를 불렀다. 하늘이 놀라고 지축을 울리는 함성이 거리 곳곳으로 울려 퍼졌다. 대한민국 만세! 만세! 동서사방에서 만세가 폭발했다.

군중 속에 우는 사람들이 보였다. 그 자리에서 경중경중 뛰는 남자와 할아버지도 있다. 광목 치맛자락을 펄럭이며 아줌마들이 덩실덩실 춤을 추었다. 봉희는 방공호의 공포도, 배 아픔도, 집에 홀로 남았다는 쓸쓸함도 잊어버렸다. 하염없이 그 함성의 물결을 지켜보았다. 함성의 물결은 남문 시장통을 지나 중앙공원, 도립병원, 본정통, 관공서가 즐비한 큰길로 끝없이 이어지고 있었다. 봉희가 발걸음을 멈추고 정물처럼 서 있다. 어디로 갈지, 왜 가야 하는지 봉희는 아무것도 알 수가 없다.

"봉희야!"

군중 속에서 언년이가 태극기를 흔들며 튀어나왔다. 언년이는 씩씩했다. 언년이 얼굴이 발갛게 홍조를 띠고 있었다.

"봉희야! 해방됐어, 대한민국 만세야!"

언년이가 알 수 없는 소리를 지껄였다.

"어! 봉희야! 집에 가서 약 먹자!"

큰언니였다. 큰언니 손에도 태극기가 들려 있었다. 얼마나 부르짖었는지 큰언니는 목이 쉬어 있었다. 큰 오라비와 작은 오라비가 큰언니 뒤를 따라왔다. 그들 역시 태극기를 흔들며 만면에 웃음을 띠고 봉희를 바라보았다.

"봉희 배 안 아파? 우리끼리만 나와서 미안해 봉희야! 어서 집에 가자!"

큰언니는 손에 든 태극기를 봉희 손에 쥐여주고 봉희를 업었다. 언년이는 두 오라비 손을 잡고 집으로 갔다.

그 후로 봉희는 방공호에 들어가지 않아도 좋게 되었다. 일본 순사도 봉희네 집에 나타나지 않았다. 아버지는 사람을 데려와 방공호를 메웠다. 어머니는 방공호 메운 자리에 꽃을 다시 심었다. 방공호는 이전의 꽃밭으로 변했다. 변한 것은 꽃밭 방공호뿐 아니라 세상천지였다. 우리나라가 일제의 압박과 설움에서 해방된 것이다.

봉희는 해방과 함께 배 아픈 것을 고쳤다. 아버지가 봉희를 업고 병원으로 갔고 치료는 과히 어렵지 않았다. 그 진저리치던 배앓이에서 놓여난 것이다.

봉희는 건강하게 자라서 두 오라비들이 다니는 그 지역의 국립초등학교에 입학했다. 방공호의 공포를 잊을 만큼 봉희는 학교 다니는 재미가 있었다.

학교가 시내에서 멀리 떨어져 있어 봉희는 등하교에 시간이 많이 소요되었다. 오라비들 걸음걸이를 따라잡을 수 없어 봉희는 거의 혼자서 학교를 오갔다. 봉희는 혼자라는 사실에 새삼 서러워하지도 않았다. 꽃밭 방공호에서도 봉희는 장시간 혼자였지 않은가.

봉희는 학교에 갈 때 신작로 길과 논두렁 길 두 갈래 길에서 늘 논두렁길을 선호했다. 논두렁길로 가다가 주저앉아 삘기도 뜯고 들꽃도 꺾었다.

논두렁길은 볼 것이 많았다. 논물에 노니는 물방개와 올챙이도 보고, 개구리 뱀, 온갖 곤충과 식물들을 만나는 즐거움이 컸다. 친구들과 갖은 해찰을 다 떨고 해 질 녘에 집에 돌아가는 게 다반사였다.

"봉희야! 그렇게 들판으로 산으로 나다니지 말고 학교 끝나면 일찍 집에 와!"

흙투성이가 되어서 오빠들보다 늦게 집에 돌아오는 봉희에게 고등학생인 큰언니가 근심스럽다는 듯이 말했다.

"응! 언니 알았어!"

밤이 이슥했다. 아버지와 어머니는 그 밤 집에 돌아오지 않았다. 언년이도 창용이네로 마실을 갔는가. 집안은 적막한 공기가 감돌고 있었다. 어른들이 하는 말로는 해방이 되고 나서 나라에 다른 고민이 발생했다는 것 같았다. 봉희는 그 말이 무슨 말인지 몰랐다.

박○○ 일행이 봉희네 집에 다시 모였다. 이제는 뒤꼍의 뒷방이 아니라 사랑채였다. 아버지 어머니는 여전히 손님 접대로 분주했다. 집안 전체에 모종의 기대가 꽉 찼다. 새 희망이 싹트는 것처럼 보였다. 박○○, 그분이 ㅊ도 국회의원으로 출마한다는 이야기도 들렸다. 그 후에도 여러 차례 그들 일행이 아버지를 만나러 왔고, 봉희네 집 말고 다른 장소에서도 어른들은 모임을 갖는 것 같았다.

"언니! 아버지 어머니가 왜 이렇게 안 오시는 거야?"

숙제를 다 마친 봉희가 큰언니에게 물었다.

"음! 아버지가 제일 존경하시는 어르신이 돌아가셨단다. 아마 오늘 밤 집에 못 오실지도 몰라!"

"그분이 누군데?"

봉희는 어려서부터 보아온 박○○, 그분인가 보다 짐작했다.

"너는 잘 모를 거야."

"언니! 나도 알 것 같아! 학교에서 담임선생님한테 들었어요. 친구들하고 막 떠들면서 교실에 들어갔거든. 그랬더니 선생님이 우리에게 뭐랜 줄 알아?"

"담임선생님이, 너희들에게 뭐라고 말씀하셨는데?"

"좀 조용히 해라. 오늘이 얼마나 슬픈 날인 줄 너희들 모르나? 이놈들아! 우리나라의 큰 별 하나가 스러졌다! 비명에 가셨다! 그러셨어요."

"누구라고는 말씀 안 하시고 그렇게만 말씀하셨어?"

"응! 그렇다니까."

봉희는 큰언니에게 다 말하고 나자 자신도 모르게 불현듯 슬픔이 밀려왔다. 김인철 담임선생님의 슬픈 얼굴을 떠올리자 눈물이 나오려고 했다. 배가 아파 요강을 타고 앉은 사이 큰언니와 오라비들이 방공호를 빠져나가고, 봉희 혼자 컴컴한 방공호에 갇혀있을 때처럼 격한 감정이 치올라왔다. 금세 눈물방울이 봉희의 볼을 타고 흘러내렸다.

슬픈 이야기만 들어도 봉희는 곧잘 눈물을 흘렸다. 꽃밭 방공호는 봉희에게 눈물의 방공호였던가. 큰언니는 방공호 시절 병치레가 잦았던 동생을 꼭 안아주었다.

"울지 마! 봉희야! 괜찮아! 어서 들어가 자거라!"

해방의 감격도 잠시, 김○ 선생의 타계 등, 국내의 내분과 소란이 계속되는 가운데 남과 북에서는 각기 지도자를 선출 나라의 면모를 갖추어 나갔다. 그것은 표면상의 나라의 면모 였다. 일제 강점기 36년에 걸친 독립항쟁도, 민족의식도 간

곳 없이 미·소에 의해 분단의 장벽이 38선을 주축으로 굳게 세워지게 되었다. 기구한 운명의 장난이었을까. 비극 중에 비극이었다.

봉희는 그 이후의 일들은 말하기를 꺼렸다. 그 일은 차후로 미뤄두었다. 봉희는 무엇보다도 그 모든 상황을 잘 정리해서 설명할 수가 없었다.

어쩌면 6·25 한국전쟁 이야기가 꽃밭 방공호 속편으로 세상에 나올 날도 머지않을 것 같다. 꽃밭이 영영 꽃밭으로 남을 수 없었던 기막힌 이야기를 봉희는 소설로 쓰고 싶은 큰 꿈을 꾸고 있기 때문이다. 봉희에게 꽃밭 방공호는 그 기폭제가 될 것인가!

열일곱의 신세계

깜박 잠이 들긴 들었던가. 한 시간 정도 눈을 붙였을까. 벽시계가 1시 12분을 가리키고 있었다. 주변이 지극히 적막하다. 그녀는 황당했다. 누가 옆에서 부스럭거린 것이 아니다. 위층 아래층에서 늦게 귀가한 사람들이 한밤의 소음을 발생시킨 것은 더욱 아닌 것 같다. 다른 동의 불빛이 그녀의 방 창문으로 흘러들어오기는 했다. 그 불빛으로 그녀가 선잠에서 깼다고는 말할 수 없다.

귀뚜라미도 울지 않는 밤이었다. 한낮부터 해 질 무렵까지 소란스럽게 울어대는 매미 떼에 비하면 귀뚜라미 소리는 선비가 글을 읽는 소리로도 해석될 만큼 훨씬 음악에 가까운 것으로 들렸다. 그녀는 근래 귀뚜라미의 합창을 들어본 적이 없다. 귀뚜라미가 늦더위에 지쳐 울기를 잊었는지, 그녀가 일에 몰두하느라고 귀뚜라미 소리를 못 들었는지 그것은 알 수 없다. 귀뚜라미도 아니라면 왜 깊은 잠이 들지 않았던가.

그녀가 다시 잠을 자려고 시도한다. 다리를 쭉 펴서 위로 올린다. 가슴을 활짝 펴고 심호흡을 해본다. 왼쪽으로, 오른쪽으로 자세를 바꾸며 애를 쓴다. 애쓰고 노력하는 만큼 잠은 더 달아난다.

그녀는 식탁에 앉아서 제대로 밥숟가락을 들어본 일이 없다. 논문 기간 동안 내내 안팎으로 쫓기며 살았다고 해도 과언이 아니다. 논문 작업은 고초 당초에 해당한다. 주석 부분에서 늘 한숨 한 번 내 쉰 다음 한문 한 글자 클릭해서 쓰고, 다시 한숨 한 번 내 쉬고 한문 한 글자 검색해서 써넣고는 했다. 한문도 예사 한문이 아닌, 중국 한나라 시대의 고문이었다. 그게 성가셨다. 클릭 한 번으로 한자를 쉽게 찾을 수 있는 게 아니었다. 국어대사전, 옥편, 중한사전, 신화자전 등을 다 펼쳐놓고 한바탕 소동을 피우기도 한다. 사전 종류로 찾는 글자가 나오지 않을 때는 지인들에게 무작위로 전화를 한다.

글자 모양을 말로 설명하기는 얼마나 어려운가. 부수, 획수를 불러주거나 사진을 찍어서 보내 그 글자의 이름을 알려 달라고 호소하는 것이다. 중국의 한나라 시대 고문이 심심찮게 등장할 때는 아까운 시간을 억수로 소비했다

논문 요지를 빛나게 하거나 업 시키는 자료라고 생각되면

그녀는 그것을 인용했다. 인용 과정에서 자주 인용부호를 빠트리거나, 주석을 빼먹는 실수를 저질렀다. 그럴 때는 국회 청문회에서 자주 회자되던 표절 이야기가 떠올랐다. 자칫하면 표절이 되는 경우이므로 온몸의 피가 머리꼭지로 역류, 뜨끈뜨끈 열불이 치솟는다. 순식간에 진땀이 쏟아진다. 숨이 턱까지 차오른다.

무엇보다도 조카뻘로밖에 안 보이는, 혹은 형제 많은 집의 맨 아래 동생 정도로 보이는 젊은 교수와의 신경전에 더 노심초사했다. 논문 그거 포기하고 싶을 때가 한두 번이 아니었다. 잠을 못 자는 것은 그런 과정을 하 많이 겪어와서일까. 되돌아보고 싶지 않은 인고의 시간이었다.

"엄마! 왜 일어났어? 잠 못 자면 힘들 텐데."

사유도 일어나 그녀 옆에 앉는다.

"음! 잠이 안 와!"

그녀가 담담하게 말했다.

"너무 걱정하지 마. 엄마는 밖에 나가면 더 잘할 수 있어!"

"뭘 잘하는데? 나 뒷동산에 오를 기운도 없어! 너 알잖아."

"안 돼! 엄마는 산 넘고 바다 건너가야 산 대."

"언제는 내가 죽었니? 산과 바다가 캐나다에만 있어?"

"우리나라는 아니야!"

사유가 단호하게 말했다.

사유가 단호해지기 시작한 것은 오래전 일이다. 인애가 잠 자는 것과 끼니 챙기는 것을 거의 잊다시피 논문 작업에 몰입 할 때부터였다. 사유는 그녀를 사사건건 간섭했다. 좀 더 먹 어라, 그러다 쓰러진다. 그만 좀 잠을 자라, 밤에 잠을 못 자 면 낮이 없다. 잔소리가 도를 넘었다. 1절에서 5절까지, 어떤 날은 후렴구까지 끼어들었다. 인애의 팔자에 과로사, 급사가 있어 염려라는데 그녀는 귓등으로 흘렸다. 그저 가만히 내버 려 두는 게 도와주는 것이라고 사유에게 말했다.

　"엄마는 바다 멀리 나갔다 와야 해!"

　"무슨 바다씩이나! 나는 지금 쓰러질 기운도 없어!"

　그녀는 쓰러지기 일보 전이다. 두 눈은 노상 새빨갛게 충 혈되고, 머릿속은 진공상태로 굳어갔다. 긴 세월을 의자에 앉 아 비비대니 인조 뼈와 금속으로 억지 땜방한 허리 통증이 가 중되었다. 종아리는 터질 듯 퉁퉁 붓고, 푸른 심줄이 선명하 게 두드러졌다. 폐가 한쪽뿐이니 숨은 또 얼마나 두근두근 가 쁜가.

　"이번만 내 뜻을 따라 줘."

　"이유를 말해봐! 내가 왜 멀리 가야 하는지?"

　"엄마 4시다. 얼른 세수해!"

　사유가 말머리를 돌린다.

　"나 아무 데도 못 가. 취소해! 이 상태로 여행 갈 정황 아니야. 너 에미 죽일 일 있니? 가기도 전에 지레 죽게 생겼다고."

"엄마는 집 떠나면 힘이 생긴댔어. 바람 쐰다 생각하고 나가
봐."

"뭐라고? 어떤 인간이 그딴 말을 했어? 응? 그게 누구야?"

그녀가 열을 내기 시작하면 목소리가 갈라진다. 쇳소리가
섞인다. 몸도 마음도 불편하다는 신호다.

"6자가 드는 해에 단명 운을 겪는대."

인애가 여섯 살 때 어머니도 그런 말을 한 것 같다. 단명
운이 오면 무조건 집 밖으로 나가야 산다고. 아예 바다 건너
먼 지방, 먼 나라에 가서 살면 불운을 면한다는. 부산 바닷가,
김 사장 댁의 수양딸이 될 뻔한 사연. 서럽게 울음을 터뜨리
던 그녀의 여섯 살 이야기.

초봄이었다. 덤불 속에서 망초 싹이 퍼렇게 올라올 무렵부
터 이웃들이 하나둘 폐결핵으로 죽어갔다. 가깝게는 옆집 총
각이, 큰 오라비의 담임선생님이, 인애의 단짝 친구가, 결국
은 그녀도 폐결핵 환자가 되었다. 폐결핵에 걸려 죽은 집은
쉬쉬하면서 도망치듯 멀리 떠나거나, 불을 질러 초가집이든
기와집이든 몽땅 태웠다.

어른들은 인애가 죽을지도 모른다고 걱정이 대단했다. C
시의 가장 용하다는 한의원에서 약을 지어와 근근이 생명줄
을 이어갔다. 인애는 폐결핵을 앓으며 문밖에도 나가지 못했

다. 감금되다시피 한약사발을 붙들고 살았다. 말라깽이 얼굴에 노랑꽃이 피고, 입술은 더께가 낄 정도로 건조해 찢어지기도 했다.

어머니는 폐결핵에 즉효라는 뱀탕도 먹여보고, 마늘을 구워 하루 몇 알씩 장복시키기도 했다. 음식을 전혀 먹으려 들지 않으니 가마솥에서는 늘 양지머리 고으는 냄새가 났다. 영양이 부실하여 병이 낫지 않는 모양이라고 아버지는 잉어도 사 왔다. 병원 약, 한약을 계속 먹어도 차도가 보이지 않았다.

"따님 잃게 생겼다! 6자 단명수를 면하려면 남의 집에 수양딸로 보내야 한다."

어머니가 물어온 소식이었다. 어머니는 그나마 방법이 생겨서 다행스럽게 생각하는 눈치였다. 3대 독자인 아버지가 반대했다. 아버지는 형제 없이 자라, 아이가 생기는 대로 줄줄이 낳아 딸 다섯에 아들이 둘이었다. 딸 다섯 중 아버지는 셋째인 인애를 애지중지했다. 출장에서 돌아오면 제일 먼저 인애를 찾았다. 다른 자식들에 비해 유독 몸이 허약해서 그녀는 애물단지였다. 애물단지를 남의 집으로 보낼 수는 없었다.

인애의 병은 별 차도 없이 2년을 끌었다. 이웃 아이들은 유치원에, 학교에 입학한다고 들떠 있는데 인애는 자리에서 일어서지도 못했다.

아버지는 덜컥 겁이 났다. 단명 운이라? 내 딸이 죽는다?

그녀를 부산 해운대에 사는 아버지의 거래처 김 사장에게 보내기로 아버지는 마음을 바꾸었다. 김 사장 부부는 결혼한 지 십수 년이 되도록 아이가 태어나지 않자 근심 중이었다. 부부 어느 쪽에도 이상이 없다는 병원 진료 결과가 무색했다.

인애의 머리맡에 김 사장 부부가 나란히 앉았다. 한약을 마시고 비몽사몽 잠이 든 인애를 바라보는 김 사장 부부의 표정은 근심 반 기쁨 반이었다.

"병이 든 아이를 김 사장에게 보내는 게 송구스럽소."

아버지 음성은 착 가라앉아 있었다.

"걱정하지 마이소! 이제 인애는 내 딸이라요. 부산 바닷가에서 지내면 야가 저절로 병도 낫고 잘 클 것이요."

인애가 반짝 눈을 떴다. 눈만 감았지 잠이 든 건 아니었다.

"아버지! 나 안 가! 아무데도 안 갈 거야!"

여섯 살 인애가 서럽게 울었다.

그날 밤 부산의 김 사장 부부는 밤차로 부산에 내려갔다. 아버지는 딸을 업고 달래느라 잠을 잘 수 없었다. 어머니는 안절부절못했다. 딸이 바닷가에 사는 남의 부모를 섬겨야 산다는데, 그래도 죽는 것보다 사는 게 백번 낫지 싶었다.

봄이 되었다. 양지바른 곳에 꽃다지도 국수댕이도 파랗게 돋아났다. 인애는 조금씩 차도를 보였다. 봄 햇살이 다사로운 날 대청마루에 걸터앉을 만큼 그녀의 생명은 한고비를 치르며 생기를 회복하는 듯싶었다.

    예언이라면 우주 만상의 변화에 대한 예언, 집단이나 한 개인에 대한, 그리고 국가와 지도자에 대한 예언 등등. 예언에 대한 이야기는 믿거나 말거나 대부분의 사람들에게 호기심을 불러일으킨다.

    해마다 정초가 되면 아버지는 이토정의 토정비결을 펼쳐놓고 한해의 운수를 보았다. 토정비결에는 어려운 한문글자로 된, 일 년 열두 달의 운세가 현란한 비유를 곁들여 적혀 있었다. 아버지는 차례와 세배 절차가 끝난 후 가족들에게 설명해주곤 했다. 물가에 가지 마라, 재앙을 만난다. 병고가 침범한다, 더러는 귀인을 만나고 횡재수가 있다는 식으로 일 년 중 일어날 일들을 요약해서 적어놓은 내용은 맞든 안 맞든 재미가 있었다.

    예언이 때로 귀신같이 잘 맞는 일도 있기는 하지만 백 프로 적중하는 일은 드문 것 같았다. 종종 그 불완전한 예언에 목을 매야 하는 경우도 있다. 목을 매는 정도는 아니더라도 사람들은 예언에 대하여 관심을 가지는 게 대부분이다.

    정계에 진출하려는 사람, 사업의 번창과 성공을 꿈꾸는 사람, 이상적인 배필을 구하는 사람, 좋은 대학이나 직장에 들어가고 싶은 사람들이 장래 일을 어찌 알고 싶지 않을 것인가.

어떤 이는 자신이 쓴 문학작품이 ○○상을 수상할 수 있는 가에 대해 이른바 도사에게 찾아갔었다는 이야기를 공공연하게 인애에게 들려준 적도 있다. 또 어떤 사람은 남편의 병환이 깊어져 그 병이 나을 것인가. 아니면 그 병으로 죽음을 맞이할 것인지에 대해서 예언가를 찾아가 상담한 일도 있다고 했다. 큰 명제에서부터 소소한 일상의 일까지 사람들은 불안하고 초조한 심정을 그런 방식으로 표출, 다소나마 위안을 받으려는 것 같았다.

여섯 살 인애는 어머니가 받아온 예언대로 바닷가로, 남의 집 부모를 섬기러 집을 떠나지 않았어도 스스로 살아난 것이다. 어머니는 긴 병고를 떨치고 십 리나 떨어진 국립 ○○초등학교에 입학한 인애가 대견하고 신통했다.

"엄마! 여행을 떠나든, 취소하러가든 좌우지간 공항으로 나가자."

사유는 누구에게서 무슨 예언을 들었던가. 살기 위해서 인애가 집밖으로 나가야 한다고 막무가내로 밀어부쳤다. 인애는 여행을 생각해 본 일이 없다. 사유가 여러 차례 반복해서 집을 떠나야 살 수 있다고 강변하니 마지못해 응한 것뿐이다.

죽기는 왜 죽어? 나는 쉽게 죽지 않아.

죽음의 고비를 숱하게 넘긴 인애가 독백한다. 죽음이 두려워서 사유의 여행 권유를 받아들인 것은 아니다. 쉬고 싶어서였다. 책상을, 컴퓨터를 벗어난다는 의미로 해석할 수 있다. 자질구레한 집안일을 제외하고는 거의 모든 시간을 컴퓨터와 함께 지낸다 해도 과언이 아니다. 더러는 같은 일을 하는 동료들과 어울려 가까운 곳으로 여행을 간다. 하지만 그것은 하루 이틀이 고작이었다. 건강이 문제였지 여행을 싫어하는 것은 아니었다.

그녀는 마음속으로 늘 생소한 곳을 동경해왔다. 아는 사람 없고 전화 받을 수 없는 오지면 더 적합할 것이라고 여겼다. 무인도나 오지는 나중에 가더라도 그녀는 기왕 타의든 자의든 여행을 떠난다면 Y가 살고 있는 캐나다로 목적지를 정하고 싶었다. 한 번 오세요! 라고 권유하던 Y작가였다.

그녀는 이부자리를 둘둘 말아 한옆으로 치운다. 자리에서 일어서는데 몸이 휘어졌다. 산후 부정 출혈이 심한 임산부처럼 머릿속이 하얗게 비워지는 느낌이다. 조심조심 자리에서 일어나 거실을 가로질러 문간방에 이른다.

불을 켰다. 여행 가방은 보기만 해도 가위가 눌린다. 무게를 줄여보려고 꺼내 놓은 가을용 고어텍스 점퍼 1벌, 재킷 1벌, 양산, 디카 등, 수영복 가방까지 합치면 무게가 제법 나갔다.

"수영복은 왜?"

사유가 물었다.

"무거워서! 빼놓을까 생각 중이야."

그녀는 수영에 자신이 없다. 내륙 지방 출신인 그녀는 어린 시절 물가라면 오라비들을 따라서 까치내에 물고기를 잡으러 간 게 고작이다. 동네 사람들이 여름철 이른 저녁을 먹고 멱 감으러 무심천에 나가도 그녀의 가족들은 누구도 나서지 않았다. 집 뒤란에 그 동네에서는 유일하게 목욕탕이 있어 공동목욕탕이나 무심천에 멱 감으러 가는 것이 익숙하지 않았다. 가장 정확한 이유로는 수시로 숨이 가쁜, 그녀의 폐가 한쪽밖에 없기 때문인지도 모른다. 삼복염천에 피서를 가도 대개는 밀려오는 파도에 발만 적시거나 아이들과 모래집만 짓다가 오는 게 일쑤였다.

"준비하라고 했다며?"

인애는 마지못해 수영복 세트를 여행 가방에 구겨 넣고 욕실로 들어간다.

그녀가 물만 바르고 욕실을 나온다.

"로션이라도, 립스틱이라도 좀."

"잔소리 그만해."

인애는 머리까지 머플러를 두르고 나서 집 밖으로 나온다. 짐까지 다 싼 마당에 이제 와서 무엇을 어떻게 할 수가 없다는 걸 인지하는 것 같다. 곧 아파트 마당에 여행가방 바퀴 구

르는 소리가 그릉, 그릉 울려 퍼졌다. 새벽하늘은 먹구름이
오락가락한다. 바람이 몹시 차다. 입술이 푸르둥둥 물들 즈음
그들은 인천공항 가는 리무진 버스에 올랐다.

"눈을 감고 잠을 청해 봐!"

"잠을 자? 속이 미슥거려. 억! 할 것 같아."

그녀는 신경이 곤두섰다. 화가 포르르 목을 타넘으려고 한
다. 완전 타의로 먼 곳을 홀로 가야 하는데 대한 분노가 치솟
았다.

"내 대신 너가 다녀오지. 이건 아니야!"

사유는 못 들은 척 외면한다.

인천 공항에 도착했다. 이른 새벽부터 각양각색의 인간 군
상들이 모여 북적댄다. 해외여행의 일상화, 보편화 현장을 보
는 듯하다. 북새통을 뚫고 그녀는 빈자리를 찾아 앉았다. 지
난밤의 피로가 한꺼번에 밀어닥쳤다. 손으로 입을 가린 채 연
속 하품을 한다. 밤을 지새운 셈이니 몸 상태가 정상일 리가
없다.

"이거라도 마셔!"

짐을 부치고 온 사유가 그녀에게 우황청심환을 준다. 그녀
는 마지못해 우황청심환을 받아 마신다. 그야말로 울며 겨자
먹기였다.

"마음 편하게 잘 다녀와 엄마! Y작가님에게 안부 전해주

고."

　사유가 손을 흔든다. 게이트 4로 걸어가는 그녀의 얼굴에
불안감이 어린다. 발걸음이 휘청거린다. KE 73기 입구에 늘
씬한 남녀 승무원들이 나란히 서서 승객들을 맞이한다. 그녀
의 캐나다 여행 제1막이 열리는 순간이다.

　여기저기서 부산한 움직임, 덜그럭대며 짐 올리는 소리가
한동안 수선스럽다. 그녀는 어깨에 짊어진 배낭을 내려 승무
원에게 부탁한다. 선반에 올린 후 자리를 찾아 앉는다. 여기
이 지점에 이르도록 자신을 방치한 스스로에게 안쓰럽고 가
여운 생각이 들었다. 심신이 아픈데 여행을 떠나다니 어처구
니가 없다.

　그녀는 지난봄 ○○스님에게 배워 익힌 Self-Compassion
메타구절을 외운다. 마음이 편안하기를, 자신에게 충실하기
를, 이 여행이 행복하기를, 모든 고통에서 자유롭기를. 오직
일신의 평화와 안녕을 위한 기도였다. 죽기는 왜 죽어? 그녀
는 오기가 난다. 운동화 벗고 실내화로 갈아 신는다. 심신이
다소 안정되는 것 같다.

　활주로를 서서히 벗어나 하늘로, 하늘로. 머나먼 허공으
로, 높이 올라가는 비행기. 올라가면 갈수록 소음은 더 커지
고 기체 요동치면서 시야 가득 변화무쌍한 구름나라가 펼쳐
진다. 광활한 하늘은 구름 나라였다. 비행기는 기기묘묘한 구

름 나라에 거대한 날개를 활짝 펼친다.

Y는 십여 년 이상 내 나라 대한민국과 바다 건너 먼 나라 캐나다를 왕래했으리라. 동서양을 수차례 오가며 그녀는 단연 선진국이 되었을까. 사고체계, 생활방식, 소설 구상, 창작과정까지도.

몹시 더운 날이었다. 당시 매스컴에 숱하게 오르내리던 늦깎이 주부작가 박○○ 선생님의 YWCA의 문예창작 오전 강의를 마쳤다. 동인들과 함께 명동을 걸어 나와 을지로 입구 찻집에서였다. Y는 마음을 결정하지 못해 방황하는 눈치였다.

Y가 캐나다의 친구 집에 갔다가 캐나다인 목사님으로부터 프러포즈를 받았다는 이야기는 문우들도 알고 있었다. Y는 유난히 반짝이는 큰 눈과, 웃을 때 활짝 퍼지는 보조개, 애교 넘치는 제스처에서 서구적인 면모가 엿보이는 여인이었다.

가족들 중 유일하게 Y의 어머니 혼자 외국인 노 목사님과의 결혼을 찬성했다던가. 바다 건너 멀리 떠나 살아야 일이 잘 풀린다고 적극 권했다고 한다. 그 자리에 모인 문우들이 각자 의견을 말했다.

"야아! 너무했다. 무슨 바다를 건너? 먼바다를 건너가서 무슨 재미가 있겠어? 나는 결사반대야."

남편 잃고 이십 년 가까이 혼자 살아온 Y의 사정을 누구보다 잘 아는 K의 강경한 발언에 선뜻 나서는 사람이 없다. 잠시 침묵이 흘렀다.

"그래도 짝은 있어야 하잖아. 후원자랄까 보호자 말이야."

전체 문우들에 비해 나이가 많은 그 모임의 회장인 L여사가 조심스럽게 말을 꺼냈다. 그녀의 말도 일리는 있어 보였다. 다른 사람들은 찻잔을 들었다 놓았다 하면서 Y를 바라보기만 한다.

"내 생각은 프러포즈 받아들이는 게 좋을 것 같거든. Y를 보자마자 첫눈에 필이 꽂힌 건 필시 전생 인연 같아. 인생 스승님이라고 여기면 그 결혼 제의 얼마나 근사하니? 안 그래?"

모든 시선이 인애의 얼굴에 쏟아졌다.

"무슨 뚱딴지같은 소리? Y는 지금 스승님이 아니라 남편이 필요 하단 말이야. 독수공방 면하게 해줄 멋진 남성!"

K였다. 성질이 괄괄한 편인 K가 인애에게 눈을 찢어져라 흘겼다. 당치도 않다는 듯이.

"내가 볼 때 이건 하느님 뜻 같아. Y 어머님이 선견지명이 있으신 거야!"

인애는 자신의 의견을 정확하게 표현했다. 남자, 남성보다 일단 사람이어야 한다. 그것도 영적 지도자인 목사님이면 Y의 창작생활에 플러스가 보장될 것이니 더 바랄 것이 없지 않으냐. 인애의 사고는 단순 명쾌했다. Y 그녀가 그냥 범상한 안방 살림꾼이 아니니 오히려 좋은 점이 더 많을 것이라고 전망했다.

성정이 까칠한 소설 쓰는 여자를 누가 감히 양손 들고 환영하겠는가. 문학예술은 고사하고 여자들의 바깥 활동을 금기시하는 다수의 한국 남정네들보다 차라리 외국인 남편이 훨씬 나을 수도 있다. 소프라노 성악가 누구, 유명 가수 누구의 예를 보아도 증명할 수 있지 않으냐 하는 게 인애의 주장이었다.

캐나다 목사님의 사모가 된 이후 Y작가는 그녀가 예측한 바대로 왕성한 창작 활동을 전개, 한국과 캐나다를 오가며 굵직한 문학상도 몇 차례 수상한 바 있다.

"목사님이 사람을 워낙 좋아하세요. 오세요! 함께 산책하면서 이야기도 하고 글도 쓰고요!"

Y작가의 초청을 두어 번 미루던 인애였다. 사유에게 등을 떠밀려 죽든 살든 캐나다 여행을 감행한 것은 그녀와 Y의 운명선에 바다를 건너가야 하는 그 어떤 공통점을 발견한 것일까. 꿈보다 해석인가. 인애의 볼에 화색이 돈다.

비행기가 높푸른 하늘로 계속 오르는가. 엄청난 굉음을 뿜어내면서 기체가 위압적으로 진동하고 있다. 얼마의 시간이 흐른 후 진동이 잦아지는가 싶어 그녀는 창밖을 바라본다.

바다 가운데인가. 도솔천 한 복판인가. 무한대의 황홀 무대가 각양각색의 신비한 광채를 띠고 장엄하게 펼쳐지고 있었다. 다시 소음 강렬하게 내뿜으며 구름 위를 날아오르는 KE 73기. 가없이 넓고 푸른 하늘이여! 신묘막측한 흰 구름의 묘기여! 인애가 감탄한다. 그녀의 얼굴에 몽글몽글 목화송이 같은 기쁨이 피어난다.

어렵고 험한 박사 과정 12년이었다. 비행기 여행도 중국 장가계 이후 12년 만이었다. 공교롭게도 두 사건이 12라는 숫자와 연관되는 것이 신기했다. 그녀는 묘법연화경의 무명연행 행연식, 식연명색 명색연육입, 육입연촉 촉연수, 유연생 생연노사우비고뇌[1]의 12인연법을 떠올리며 필시 12라는 숫자에 무슨 묘법이라도 떠오른 듯이 그녀가 안도의 미소를 지었다.

그만둘까. 포기하자! 집을 떠나오기 직전까지 심경이 복잡했다. 건강에 자신이 안 섰다. 어려서 폐를 앓아 폐가 한쪽 밖에 없다는 사실은 일상생활에 큰 걸림돌이 되었다. 무슨 일을 획책하든 건강 문제는 늘 선두였다. 그녀가 할 수 있는 일이란 대부분 책상 앞에 한정되었다. 사유가 캐나다행 비행기 티켓을 가져왔을 때 그녀가 펄쩍 뛴 이유였다. 금강산도 식후경이라면 여행보다 그녀에게는 건강이 우선이었다.

카나다 여행은 그녀에게 미묘한 법, 즉 '이것은 괴로움이 요, 이것은 괴로움의 쌓임이요, 이것은 괴로움의 사라짐이요, 이것은 괴로움이 사라지는 길'[2]이라는 12인연법이 작용했던 가. 괴로움이 사라지는 과정을 그녀가 몸으로 체험하고 있는 것일까.

열불이 솟을 때마다 폭폭 빠지던 머리칼과 잇몸이 솟아 건 들거리는 치아가 온전해질 가능성은 전혀 보이지 않았다. 불 건강이 해소될만한 비법을 찾은 것도 아니었다. 몰아 상태로 학업에 몰두할 때가 차라리 행복하지 않았던가. 우여곡절을 겪으며 논문이 통과되자 그녀는 오히려 허무했다. 옥동자를 분만했어도 그 뒤에 수반되는 후진통처럼 알 수 없는 정신적, 육체적 회오리에 휘말렸다. 그녀의 영혼육은 탈진상태였다.

인애는 새로운 고뇌를 짊어지게 된 자신을 바라보게 되었 다. 6자의 단명 운이 도래한 것일까. 가슴 통증이 심각하게 대두되었다. 병원과 이름난 한의원을 들락거렸다. 논문이 파 놓은 또 다른 공동空洞은 쉽게 메워지는 게 아니었다.

사유가 그녀의 공부와 소설 쓰기는 단명의 기회를 모면하 기 위한 방편이라고 말했다. 어디서 주워들은 말인가. 그녀의 생명은 죽기 살기로 매달리지 않으면 숯불처럼 저절로 사윈 다는 말인가. 어디에 근거하고 그런 주장을 일삼는지 그녀는 사유의 주장에 매번 아연했다.

그녀는 길어서 사나흘, 절친 반야행般若行이 따리 튼 지리산 골짜기나, 등산 좋아하는 친구들과 태백산 청량사 바람이나 쐬고 싶어 했다. 그편이 매우 지당하고 적합한 행로로 여겨졌다.

사유는 그녀의 의견과는 반대였다. 살기 위해서 무작정 산 넘고 바다 건너 한국을 떠나 멀고 먼 곳으로 가야 한다고 강변했다. 그녀는 더 묻지 않았다. 묻는 것도 귀찮았다. 타의 70%, 자의 30%에 의한 그녀의 캐나다 여행은 현재 진행형이다.

토론토의 유○○ 교수가 생각났다. 연주 여행 이후 건강 검진하러 입원했다가 홀연히 유명을 달리한 초등 친구였다. 어찌 생각이 나지 않겠는가. 한 번 전화를 붙들면 인애는 한 시간, 두 시간도 좋았다. 친구는 S대 음대를 거처 오스트리아 빈으로 건너가 유학을 마친 후 음악 방면에서 국제적으로 두각을 나타냈다. 교육자, 세계적인 연주가로서 유○○ 교수는 C여고의 자랑이었다. 세종문화회관에서 3년 만에 한 번씩 파이프 오르간 연주회가 열리면 머리가 희끗희끗한 당시의 담임선생님도 참석하여 C여고 소동창회가 그곳에서 함께 열렸다. 유○○ 박사가 살아있다면 캐나다는 진즉에 몇 번이나 다녀왔을 곳이었다.

그 친구가 그토록 소원하던 한국 음악교육의 혁신 방안과, 유능한 음악 인재 양성의 꿈은 무참하게 좌절되고 말았다. 인애는 친구가 하늘나라 가고 없는 캐나다에 가는 것이 무턱대고 즐거울 수만은 없다.

비행기가 요동을 멈추고 미끄러지듯 안정을 유지할 때일수록 그녀는 친구 생각에 가슴이 메었다. 친구의 보름달처럼 환한 연주복 모습이, 낭랑한 목소리, 그리고 세종문화회관의 너른 홀을 울리던 장중하고 우아한 파이프 오르간의 선율이 그리웠다.

비행기가 몹시 흔들린다. 모든 상념을 거두고 손으로 귀를 막아야 할 만큼 비행기 소음이 엄청나다. 쪼르륵! 비행기 소음과 함께 그녀의 위장이 고충을 토로하기 시작한다. 쓰리고 아프다고, 생수 한 병밖에 먹은 게 없다고. 인천공항 떠난 지 1시간 반이나 경과했는데 견과류 종류나 음료수, 간식을 왜 주지 않느냐고 투정했다.

그녀는 위장에서 전해지는 SOS를 방어하기 위한 고육책으로 초록 노트를 펼친다. 마음 가는 대로, 써지는 대로, 보이고 느끼는 대로 쓰는 데 열중한다. 허기와 그리움, 아쉬움도 잠시 잊고 다만 쓰고 읽는 일에 집중한다. 그녀의 지친 심신을 고무시키는 묘책이었다.

그녀는 자신의 몸에게 새삼 미안하고 미안하다. 숨 가쁘다고, 고달프다고 그만 좀 쉬고 싶다고, 수차례 항의하고 요구했어도 무시하고 방심했다. 마음 하자는 대로 어디건 끌고 다녔다. 그런 내용들이 초록 노트에 빽빽하게 기록된다.

비릿하고 야리꾸리한 냄새를 풍기며 식판 구루마가 다가왔다. 인애는 배당받은 식판을 열었다. 자신의 몸을 향하여 진심으로 고맙습니다. 미안합니다. 사과의 말을 흘린 후 천천히 음식을 먹기 시작한다.

비행기가 여전히 요동친다. 대강 식사를 마치고 그녀는 초록 노트를 다시 펼친다. 12년 만에 비행기 여행을 하게 된 경위, 12년에 걸친 박사과정을 완료한 자의 회포라고 할까. 초록 노트에 자신의 심경을 술회하고자 했다.

한 생명이 억겁의 죗값을 치루 듯, 전생부터 부여받은 업력을 소멸시키듯, 장구한 세월을 고독의 바다를 거슬러 왔다. 시지프스가 산 정상으로 끌어올리던 운명의 바위처럼 힘껏 끌어 올리려 해도 미끄러지고, 굴러떨어질 수밖에 없는, 그래서 그 손 놓지 못하고, 그 발걸음 돌이키지 못하고, 그 자리를 고수해야만 했던 그녀만의 삶의 방식. 온갖 장애와 장벽을 넘고, 병고와 수모와 냉대 질시를 밟고 넘어가야 했던, 지난하고 버거운 그녀만의 행군이었다.

깜박 잠이 들었던가. 동양권 하늘을 벗어나 미주 대륙 어느 하늘을 날고 있는가. 수십 수백의 승객을 싣고 비행기는 어둔 밤을 유유히 흘러간다. 그 가운데 '새로운 비상'을, 아니

‘의미 있는 반란’을 획책하는 나와 너의 오랜 친구, 꿈과 희망
의 전선에 우인애 그녀가 오롯이 존재했다.

새날이 활짝 밝아온다. 순간 그녀를 에워싸고 있던 검은
장막이 일시에 걷히듯 상쾌함이 밀려왔다. 그 기세는 심신의
온전한 맑음과 강인함이었다. 오직 그녀만이 누릴 수 있는 여
행의 기적이었다.

비행기 날개 아래로 층층의 하늘, 캐나다의 아침 하늘이
환상적이었다. 밝은 해가 떠오르는 토론토 하늘을 바라보는
순간, 인애는 미망에서 깨어난다. 자신도 모르게 영화 자이언
트(Giant)의 주제곡을 허밍 하기 시작했다.

끝없이 넓은 이 땅 살기 좋은 곳
젊은 가슴 뛰게 하는 자유의 천지
오늘도 밝은 해가 나를 부른다.
정열의 텍사스 아름다운 텍사스
내 사랑하는 넓은 땅
......
this then is texas
Lone star state of texas
this then is texas
land I love

‘자이언트(Giant)’는 그리스 신화에 나오는 사람의 얼굴과 용의 몸을 가졌다는 거인족, ‘기간테스(Gigantes)’에서 유래되었다. 기가(Giga)라는 단어와 같은 핏줄인 ‘자이언트(Giant)’는 미국의 현대화 초기에 부를 과시하던 거인(자이언트) 같은 사람들, 대 목장을 통하여 또는 석유로 엄청난 부를 가져다준 광활한 땅, 즉, 텍사스의 거대함을 상징하고 있다. 1925년에 『소 빅(So Big)』이라는 작품으로 퓰리처(Pulitzer)상을 수상한바 있는 여류 소설가, 에드나 훼버(Edna Ferber. 1887~1968, 미국 미시건)가 자수성가로 엄청난 부를 축적한 텍사스의 전설적인 실존 인물, 석유왕 글엔 매카시(Glenn Mccarthy)의 일생을 소설화, 1952년에 『Giant』라는 제목으로 책을 출간한다. 그로부터 4년 후 1956년에 제작사 워너 브라더스와 조지 스티븐스 감독이 이 책을 영화화한다.

　열일곱 살 인애는 영화 ‘자이언트’에서 주인공 엘리자베스 테일러, 록 허드슨, 텍사스의 거부장자 글엔 매카시로 분장한 제임스 딘을 처음 만났다. 사는 집의 사방 벽과 자신의 방, 그녀의 과목 노트마다 제임스 딘 사진을 부착하고 황홀한 꿈에 젖어 지냈다. 달 밝은 밤이면 그녀의 방 창문 아래서 C고 남학생들이 자이언트 주제곡을 휘파람으로 합창했다. ‘내 사랑 텍사스 아름다운 텍사스’가 인애의 삶 속에 흥건히 넘쳐흘렀다.

광활한 땅 자이언트와 마주친 것일까. 제임스 딘을 열애하던 열일곱 그 시절로 회귀한 것일까. '자이언트'의 경쾌한 음률과, 시니컬한 제임스 딘의 환영 속에 그녀의 심혼은 종잡을 수 없는 열일곱의 신세계로 붕붕 떠오르고 있었다.

그리움의 시원始源

혜연은 충북 옥천에 소재한 정지용 문학관과 생가 탐방에
참여하기로 결정했다. 봄철이면 의레 각 문학단체 별로 문학
기행을 갔지만 혜연이 참가한 것은 불과 몇 번에 그쳤다. 여러
가지 정황상 자리를 뜰 수 없었으나 이번에는 용단을 내렸다.

세월의 층계마다 고여 있는 기억의 재생, 나이 먹을수록
더욱 주체할 수 없는 막연하면서도 절절한 그리움의 표출이
라고 해야 옳았을까.

혜연은 문학관 탐방에 앞서 추억의 갈피에서 찬영을 들춰
내 곰삭은 그리움을 음미했다. '여자는 공부가 아니더라도 멋
지게 살 수 있다'며 대학진학을 극구 말리던 찬영은 정지용
시인의 가까운 친척이었다.

5월 하늘은 푸르고 맑았다. 이제 막 연록으로 움트는 주변

산의 나무들은 어느 때보다 생기가 넘치고 희망적인 풍경을 보여 주었다. 옆에 앉은 문우와도 반가운 인사와 함께 그간의 회포를 맘껏 풀 수 있는 분위기였다.

고속버스는 휴게소에 잠깐 멈추었다가 계속해서 남쪽으로 달려갔다. 먼빛으로 산복사꽃, 목련꽃이 보이고 그것들은 만개의 시기를 지나 이미 파릇한 잎을 뽑아내고 있었다. 연도의 풀섶에서는 강아지풀의 분홍색 꽃과 초록 잎이 한데 어울려 차량의 흐름을 따라 흥겹게 파도쳤다.

"네가 주혜연朱慧娟이냐? 이리 와! 여기 꿇어앉아!"

임정빈 훈육주임교사는 교무실 안 남쪽 창가의 빈 공간을 손으로 가리키며 혜연을 윽박질렀다. 그의 말소리엔 강한 악센트가 느껴졌다. 머뭇거리며 다가오는 혜연의 아래위를 두 눈에 불을 켜고 훑어 내렸다. 그는 화가 머리끝까지 차오른 무서운 표정이다.

혜연은 영문을 몰라 고개를 숙인 채 다소곳이 서 있다.

"인마! 뭐 해? 내 말 안 들리나?"

혜연이 미처 동작을 취하지 못하고 어물어물하자 훈육주임 임정빈 교사가 버럭 소리를 질렀다. 순간 교무실 안에 있던 다른 교사들이 몸을 돌려 임정빈 교사를 바라본다. 그 서슬에 놀란 혜연이 구원투수를 찾는 눈빛으로 주변을 돌아보

왔다. 담임교사의 얼굴이 보이지 않는다. 혜연은 불안하다.

내가 무엇을 잘못했어? 언제? 어디서? 혜연은 알 수가 없다.

혜연은 이과반이 아니고 문과반이다. 대부분의 교사들이 문과 상과 가정과에 비해 유독 이과반을 편애한다는 소문이 학생들 사이에 퍼져 있었다. 그래서일까. 교무실 호출이 편애에 속한 것이라면 부당하다는 생각이 들었다.

전교 수재들이 모인다는 이과반에 들어가지 않은 것은 순전히 혜연의 자유의사였다. 가족들에게 의논하고 말고 할 사안도 아니었다. 어려서부터 혜연의 특기는 작문 즉 문예였기 때문이다. 좀 더 정직하게 혜연의 특기가 문예 방면으로 기울게 된 합당한 이유를 기술하기로 한다면 6·25 한국전쟁 와중에 어머니를 잃은 것, 또 다른 이유는 한 남자의 무고로 감옥살이를 한 언니 덕분이었다. 언니는 거의 한 트럭 분의 책을 싣고 3년여 만에 감옥으로부터 귀가했다. 혜연이 철학 문학 종교 역사 등, 내용도 제대로 이해할 수 없는 어려운 책들을 닥치는 대로 읽게 된 환경을 만난 것이다. 혜연의 타고난 감수성도 간과하기 어려웠을까.

집 건물은 폭격으로 타다 남은 기둥 몇 개와 사랑채뿐으로, 하늘을 가릴 거적때기조차도 귀한 때였다. 노상 우물물이나 퍼마시며 팡팡 굶어야 하는 절박하고 궁색한 형편인데 언제 책가방 둘러메고 학교를 갈 수 있단 말인가. 기를 쓰고 책가방을 둘러매고 학교에 가는 오빠들과는 달리 혜연은 학교에 가고 싶지 않았다. 그 대신 아버지가 감옥의 언니에게 보내주었던 책, 동서사방에서 사 모은 책을 줄기차게 읽었다.

빈 솥에 물을 붓고 함실아궁이에 장작개비를 집어넣으면서도 혜연은 손에서 책을 놓지 않았다. 책을 손에 들고 읽을 때만큼은 창자가 비틀리는 것 같은 지독한 허기와, 피난길에서 4개월 된 태아를 유산하고 피를 너무 쏟아 그대로 숨을 거둔 어머니! 어머니에 대한 절절한 그리움을 희석시킬 수가 있었다.

다행인 것은 폭격에 불타지 않은 아버지의 사랑방엔 여러 종류의 책들이 산 같이 쌓여 있었다. 어릴 적부터 혜연은 일본 글자로 된 고급 장정의 책들이 아버지의 서가를 가득 채운 것을 보았다. 일본사람들이 해방을 맞아 본국으로 돌아가면서 그네들이 거주하던 번듯한 적산가옥은 엉뚱한 사람에게 인심을 쓰고 혜연의 아버지에게는 책 보따리만 안겨주고 갔다고 하던가. 혜연은 철이 들면서 그런 사정을 대강 들어 알고 있었다.

서대문형무소로부터 언니가 가지고 나온 수많은 책들, 세계문학전집이라든가 현대문학과 사상계 등의 문예 잡지, 그러므로 혜연은 다른 집 아이들에 비해 독서에 비교적 쉽게 접근할 수 있었다. 그것들이 혜연의 지적 수준에 맞고 안 맞고는 그다음 문제였다.

여러 장르의 책을 좀 더 많이 손쉽게 접할 기회가 발생한 사건. 혜연의 가족에게 지워진 비극적인 운명, 전쟁이 발발하자 국가가 국토방위와 국민에 대한 보호 의무를 충실히 다하지 못한 결과로서 빚어진 일련의 사단에 대해서 혜연은 유감이 많다고 말할 수 있다. 어쨌든 혜연이 책 읽기에는 보다 수월하고 적합한 조건을 만나게 된 사실을 강조하지 않을 수 없다.

난리 통에 억울하게 누명을 덮어쓰고 영어의 몸이 된 것은 어찌 혜연의 언니뿐이겠는가? 열여섯 어린 소녀가 겪어 낸 6·25를 과연 트럭으로 실어 나르고 지게로 져 나른 언니의 책들이 대변해 줄 수 있을 것인가? 출옥할 즈음에는 다 해져 못쓰게 된 옷가지 몇 점과, 한 번도 자르지 않고 길게 자라게 둔, 땅바닥에 닿을 만한 긴 머리채와 다양한 종류의 책들이 전부였다.

언니는 책을 읽으며 감옥에 갇힌 사유를 해석하려 했고, 잔인과 포악의 지경을 넘어선 악랄하고 살인적인 고문과 치욕, 학대, 원통함과 분함을 책과 더불어 결사적으로 견뎌내야 했을 법하다. 한 남자. 즉 아버지의 친구 아들인 K가 자주 붕어빵 봉지를 쳐들고 언니를 만나러 집에 드나든 것밖에는 별로 하자가 없다는 게 이웃들의 증언이었다. 그 붕어빵은 곧

보도연맹의 돈, 보도연맹원의 선물 공여를 받았다는 얼토당
토않은 죄명으로 둔갑했다. 붕어빵 따위가 무슨 선물 목록?
팥을 콩이라 하면 그대로 인정할 수밖에 없는 비색한 시절이
었다. K가 감옥에 들어가고 얼마 안 있어 언니가 붙잡혀 갔
다. K가 아무 죄도 없는 언니를 물고 들어간 것이라 했다. 아
버지는 변호사를 3명이나 선임하여 언니가 무죄로 석방되도
록 재산을 모두 내놓았다. 그 세월이 장장 3~4년이었다.

아버지는 혜연이 무슨 책을 보든 말든 신경을 기울일만한
심적 경제적 여유를 갖지 못한 상태였다. 휴전 전후의 관심은
오로지 그날그날 끼니를 굶을 것이냐 먹을 것이냐에 집약되
었다. 그것도 고작 깡 보리밥, 혹은 시래기죽 수준을 벗어나
지 못하고 있었다. 사흘 굶어 담 넘지 않을 사람 누구인가. 총
칼보다 무서운 게 기아였다.

혜연의 본격적인 독서는 국가의 위기와 환난, 죽음에 버금
가는 언니의 고통과 때를 같이하고 있다고 해도 과언이 아니
었다. 독서가 아니라 그것은 일종의 현실 도피 형태였다.

간난신고 속에서 출옥한 언니는 가족 모두에게 낯설고 두
려운 존재로 비쳐졌다. 지구가 아닌 곳, 지구와는 전혀 다른
요상한 생명체가 살고 있는, 먼 우주 행성으로부터 귀화한 기
이한 인종人種 같았다. 언니는 집 밖으로는 일체 나가지 않으
면서 뒤란의 화단 옆에 잇대어 지은 외딴 방에 들어박혀 저물

도록 책에 파묻혀 지냈다.

집에 누가 찾아오거나 언니를 찾는 전화가 걸려 와도 방밖으로 나오지 않았다. 찾아오는 사람이라야 C도 경찰청 사찰계에서 파견한 형사 두 명이었는데 그들은 매일 출근하다시피 하면서 가족들과 출입하는 지인들의 일거수일투족을 감시 감독했다.

언니는 어찌 보면 실성한 사람 같기도 하고 반쯤 정신이 나간 것처럼 멍해 있는 것이 자주 목격되었다. 언년이가 끼니마다 밥상을 가져가면 밥상은 쳐다보지도 않고 돌아앉아 무슨 책인지 마냥 붙들고 앉아있기만 했다. 책을 읽는 것 같지는 않다고 언년이가 말했다. 책을 손에 들고 있으므로 해서 모종의 안도감을 느낀다거나 자기 몸에 덮쳐오는 어떤 위험인자로부터 자신을 보호하려는 본능적인 방어 행위였을 지도 모른다.

발목을 묶어 기른 새를 새장 밖에 풀어놓아도 가고 싶은 곳으로 훠이훠이 날아가지 못하는 새처럼 언니의 일상은 책과 더불어 뒤꼍의 외딴 방에 한정되었다. 혜연은 언니가 집에 돌아오고부터 알 수 없는 공포에 사로잡혔다. 독서는 기실 혜연의 공포를 물리치는 도구였을지도 모른다.

혜연은 학교에 가도 책가방을 내려놓기 무섭게 교실을 벗어나 중앙공원 근처에 위치한 시립도서관으로 내달렸다. 수업에 몰두할 수가 없었다. 언니가 그랬던 것처럼 혜연은 도서관에서 책을 읽거나 무슨 책이든 잔뜩 빌려 집으로 가져오곤 하였다.

C여고에 입학하자 본격 독서가 시작되었고 공부는 자연히 뒷전으로 밀려났다. 그러나 학교에 출석한 날수가 모자라 물리 수학 화학 방면, 이과 쪽의 성적이 저조한 것을 제외하면 다른 과목에서는 결코 남의 뒤꽁무니나 쫓지는 않았다. 또한 책가방을 교실 의자에 남겨두고 시립도서관으로 직행하는 것을 빼놓으면, 아니 그런 사실을 담임이나 과목 선생님들이 눈치채지 못하는 한 혜연은 적어도 품행이 단정하고 학업성적이 상위권에 속해 있는 모범생 반열에 들고도 남았다.

영 젬병인 것은 혜연의 학교생활에서 이과 계통 과목과의 불일치와 부조화였다고나 할까. 그것들은 기초가 탄탄하지 않으면 따라가기 어려운 학문이었다. 종횡무진 뻗치는 상상이나 감수성의 세계와는 확연히 구별되는 것, 혜연에겐 한없이 버거운 과목이었다. 버거운 과목들에 대한 동기와 발단이 전후의 불안한 사회 분위기, 열악하고 부실한 교육환경, 뒤숭숭한 집안 형편과 연계되어 있다고 해도 틀린 말은 아니다. 그렇다고 교무실에서 벌을 서? 찬영의 편지 탓? 그건 이유가 될 수 없다. 혜연의 상식으로는 훈육주임 임정빈 교사의 처사가 불만이었다.

"자아, 우리들의 목적지 정지용 문학관에 도착했습니다. 1시간 동안 문학관과 생가를 돌아본 다음 점심식사는 생가 뒤에 있는 ○○식당으로 이동합니다."

문학기행의 총무가 안내하기 바쁘게 버스에서 내리는 성급한 이들이 있었다.

"마을이 참 편안하게 들앉았네요."

"아늑하고 깨끗하지요?"

언뜻 보아도 그야말로 청풍명월의 고장다웠다. 사람이든 마을이든 첫인상은 매우 중요하다. 차 밖으로 내려서니 남쪽 벌에서 불어오는 바람결이 상쾌했다.

문학관 안으로 사람들이 몰려 들어갔다. 출입문 바로 앞에 설치해 놓은 정지용 동상 옆에 붙어 앉거나 카메라를 들이대고 사진 찍느라 여념이 없다. 혜연도 이들 무리에 뒤질세라 정지용 동상 앞에 줄을 서 대기했다. 한참을 기다려서야 차례가 왔다.

"기왕이면 손도 잡으세요!"

버스에서 나란히 앉아온 문우가 혜연에게 말했다.

"어머나! 그럴까요?"

혜연이 정지용 시인의 손을 잡았다. 일시에 딱딱한 감촉이 전해져 왔다. 마른 나무같이, 어쩌면 감정이 메마른 무정한

사람의 가슴팍처럼 밋밋하고 서늘하다. 그러나 또 한편 가슴
속이 짜릿짜릿 아려왔다. 불현듯 가까운 친척 한 분이 납북되
었다는 찬영의 말이 생각났다. 생사를 확인하기 위해 또 다른
사람이 그를 찾아 떠났다가 그마저 소식이 두절되었다고 했
다. 생사 확인 차 떠난 그 사람은 찬영의 맏형이었다고 했던가.

찬영의 유년은 행복과는 거리가 멀었다고 했다. 6·25의 포
화 속에서 갑자기 돌아가신 어머니와 친척의 납북 사건은 당
시 그 마을 전체를 회색지대로 물들게 하고도 남았다. 대학을
졸업하고 사회 일원으로 편입하고 나서도 그 어둡고 황량한
기억은 잠시도 그를 떠나본 일이 없을지도 모른다.

그는 학교 도서관에 들어앉아 육법전서를 달달 외는 것 외
에는 그의 주변을 에워싸고 있는 암울한 세력들로부터 유리
되기는 지난한 일이었다고 토로했다. 혜연의 언니가 감옥에
서 동서양 역사와 문학을 두루 섭렵했듯이 그 역시 육법전서
를 도피처로 삼은 것일까.

그는 하기방학이 끝나고 새 학기가 시작된 첫날 C여고에
재직하고 있는 그의 막내 삼촌을 만나고 나오다 교무실 청소
를 마치고 복도를 걸어가는 혜연을 발견한 것이다. 그 후부터
혜연을 향한 찬영의 만리장성은 C여고의 편지함에서 자주 눈
에 띄었다. 그런 날 혜연은 학생 훈육주임 교사에게 어김없이
호출당했고 교무실에서 벌을 서야 했다.

땡—땡 땡—

수업 시작을 알리는 종소리가 들려왔다.

3학년 문과반 소속인 혜연에게 오늘은 특별한 날이라고 할 수 있다. 지난주 목련꽃이 막 봉오리를 터트릴 즈음해서 문과반 학생 전원은 특별활동의 일환으로, C시 서공원 충혼탑에 올라 각자 특기에 따라 시도 짓고 수필이나 콩트를 썼다. 저 아래 내려다보이는 무심천에서는 여인네들이 두들겨대는 빨랫방망이 소리가 들려왔다. 무심천의 물살은 급하지 않았고 은비늘처럼 반짝이며 흘러갔다. 무심천 둑에는 수양버들 가지가 휘휘 늘어져 운치를 돋우고, 그 반대편에 열 지어 선 벚꽃나무는 화사한 꽃송이를 흐드러지게 피워내는 중이었다. 그런 풍경을 바라보는 것만으로도 소녀들의 시심과 문심은 무한대로 뻗쳐올라오게 마련이었다.

『죄와 벌』의 주인공 라스콜니코프의 심오한 우울을 닮은 문예반 담당 선생님의 문장작법에 대한 주의 말씀을 들은 후, 글을 쓰기 위해 나무 그늘이거나 풀숲에 앉은 소녀들의 모습은 그 자체로서 시였고 매혹적인 한 폭의 그림이었다.

그날의 수업은 지난 시간 충혼탑에서 창작한 학생들의 작품을 읽고 평가하는 날이었다. 문과반은 이과나 또는 상과, 가정과에 비해 얼마간 여유로움과 멋이 배어나는 특색을 갖

고 있었다. 만사 만물을 보는 독특한 관점에 있어서 다른 과
와는 현격한 차이가 났다. 그런데 혜연은 하필 교실이 아닌
이곳 교무실에 와 있다.

"너! 이거 누가 보낸 건지 알아? 몰라?"

아닌 밤에 홍두깨라고 하던가. 이거라니 대체 이거가 무엇
이며 그게 혜연에게 무슨 상관이 있다는 것인가. 혜연은 훈육
주임 임정빈 교사의 호통이 생경스럽기만 하다. 그가 손에 들
고 있는 것, 그것은 부피로 보나 무게로 보나 제법 두툼해 보
이는 편지 봉투였다.

혜연은 대답할 말이 궁하다. 누가 누구에게 보낸 편지인지
혜연은 알지 못한다. 반드시 이 시점에서 대답을 해야 하는
필연성도 찾을 길이 없다.

"자식, 왜 말이 없어? 이 편지 보낸 사람하고 몇 번 만났지?"

임정빈 교사는 수업이 없는 모양인가, 그다지 서둘지 않는
다. 혜연을 호출하여 닦달하는 데에 묘한 쾌감을 느끼는가.
교무실 안엔 두어 명의 교사가 남아 있고 그들은 그들만의 업
무에 몰두하고 있다.

"너, 벙어리야? 이 편지를 보낸 S대 법대생하고 어떤 사이
냐니까?"

혜연이 고개를 들었다. 그리고 임정빈 훈육주임의 손에 들
려져 있는 편지를 보았다. 봉투는 뜯겨져 있었다. 훈육주임은

그 편지 봉투로 책상을 탁, 탁 두어 번 두들겼다.

"빨리 말해! 너 정학 당하고 싶어?"

혜연은 묵묵부답이다.

"선생님. 무슨 일인지 모르지만 학생을 수업에 들여보내는 게 좋지 않을까요? 고3인데, 그리고 곧 중간시험 아닙니까?"

멀찍이서 이 광경을 바라보던 다른 교사가 다가와 참견했다.

"일단 수업은 받도록 하고 방과 후라든가 쉬는 시간에…."

"이런 놈은 뜨거운 맛을 좀 보여줘야 해요. 여태 나 혼자서 말하는 거 보셨죠? 이 녀석은 한마디도 말을 안 합니다!"

어느덧 수업 종료를 알리는 종소리가 울렸고, 수업을 끝내고 복도를 걸어오는 교사들의 슬리퍼 끄는 소리가 가깝게 들려왔다. 우당탕탕! 교실 밖으로 뛰쳐나가는 학생들의 소란도 감지되었다. 곧 점심시간이다.

혜연은 등줄기로 진땀이 흘러내렸다. 무릎이 아프다. 정강이까지 쥐가 나서 더 꿇어앉아 있을 수가 없다. 너무 힘이 든 나머지 얼굴이 발갛게 달아올랐다.

"주혜연! 혜연아!"

한 떼의 소녀들이 큰 소리로 혜연을 부르며 교무실로 뛰어들어왔다. 미자, 계숙, 정자, 영윤, 송강이었다.

"야아! 주혜연! 너 여기 왜 이러고 있어?"

"누구야? 너를 벌씌운 장본인이 누군지 말해 주혜연!"

창가 구석 자리에 무릎을 꿇고 있는 혜연을 발견하자 소녀들은 이구동성으로 외쳤다.

임정빈 훈육주임은 자기 자리로 가서 도시락을 펼쳐놓고 점심밥을 먹고 있었다. 다른 교사들도 교문 밖 식당으로 가거나, 교실에서 각자 집에서 준비해온 도시락을 펴놓고 식사 중이다. 반찬 냄새가 교무실 안에 꽉 찼다.

"선생님 너무하십니다. 혜연이는 아무 잘못이 없어요!"

"혜연이를 교실로 보내주세요!"

"교장 선생님한테 가서 보고 하겠습니다!"

소녀들이 와글와글 떠들어댔다. 혜연은 이때다! 싶어 자리에서 일어나 친구들 앞으로 걸어갔다. 다리가 휘청거렸다.

"왜 혜연이가 수업도 받지 못하고 교무실에 꿇어앉아야 했는지 이유를 말씀해 주십시오!"

C시의 고급공무원을 아버지로 둔 미자가 다부지게 따져 물었다. 훈육주임은 말없이 빈 도시락 뚜껑을 닫고 일어선다.

"방과 후에 반성문 써 갖고 나한테 온다 알겠지?. 그럼 가도 좋다!"

그 말과 동시에 한 통의 뜯겨진 편지를 혜연에게 던져주었다.

죄 없는 여학생을 무릎 꿇게 하고 밥이 넘어가? 소녀들은 혜연과 훈육주임을 번갈아 쳐다본다. 생물 과목 시간에 정자와 난자의 역할이라든가 자궁의 형태 등, 요상한 대목을 선별하여 강의하는 훈육주임은 도통한 인사처럼 태연자약이다.

친구들 호위를 받으며 교실로 돌아온 혜연은 편지를 책상에 올려놓고 멍하니 앉아 있다.

"주혜연! 우선 밥부터 먹자. 우리도 너 기다리느라 밥을 안 먹었어."

친구들은 각자 도시락을 들고 혜연의 주변으로 모여들었다.

"작전을 세워야 해! 번번이 이렇게 생참외(훈육주임의 별명)한테 당하느냐 아니면 만리장성의 범인, 편지를 보내는 S대 법대생을 골탕 먹이든가 일단 밥을 먹고 나서 우리 다 같이 연구를 해보자!"

"그건 나한테 맡겨. 내가 단 한 방에 S대 법대생의 코를 납작하게 해놓을 테니까. 자기는 대학에 진학했으면서 근데 왜 여자가 대학 가는 건 그렇게 말리니? 너무 이기적인데."

"음! 여자가 공부하느라고 예쁜 얼굴 망가질까 봐 그런단다. 공부가 장난이 아니라며."

편지를 재빨리 훑어본 송강이가 말했다.

"혹 그 생참외가 혜연을 짝사랑하는 것은 아닐까?"

소녀들은 먹는 입 따로, 떠드는 입이 따로 있는 듯 신명나게 지껄였다.

"그럴지도 몰라. 야아, 학교에 편지 오는 게 어디 주혜연뿐이겠냐. 근데 자기가 뭔데 남의 편지를 함부로 뜯어보고 무슨 사이냐? 언제부터 사귀었느냐? 그게 왜 궁금한데? 편지 뜯어 봤으면 다 알 거 아냐. 그냥 단순한 러브레터 수준인지 어디 까지 진행되었는지, 것도 모르면서 무슨 훈육주임?"

수다를 섞은 도시락은 다른 때에 비해 훨씬 맛이 좋았다. 그들은 도시락 하나로 성에 안 차 도시락을 다 비운 후 꽈배 기와 도넛을 사 먹으러 구내매점으로 몰려갔다.

C여고를 어렵게 졸업한 혜연은 서울 소재 D대학으로 진학 했다.

각 과마다 종강 일자가 서로 조금씩 차이가 나긴 했지만 종강이 다가오자 강의실은 괜스레 들뜨고 평소에 비해 몹시 시끄러웠다. 가장 소란스럽기는 여름 방학에 농활農活에 참 가한다는 노상 찬연하다 못해 허황한 꿈에 부풀어 사는 국문 과 학우들이었다. 도시에서만 자라 대부분 농촌 하면 아름다 운 자연환경과 어우러진 여름철의 풍성한 먹거리, 수박이며 감자와 찰옥수수를 떠올리는 부류들이 국문과에 많은 편이었 다. 그들은 땀 흘려 일하거나 농민들의 일손을 돕는 것에 대 한 확고한 의지와 결심보다는 경치 좋은 산촌으로의 여행 정 도로 가볍게 생각하고 있는 것은 아닌지 의심스러웠다.

"용자야! 용산역에서 몇 시 출발이라고 했지?"

"8시야. 넌 집이 가까우니까 그래도 괜찮겠다. 나는 아침 잠이 많아서 좀 걱정된다."

"걱정 마! 팀장이 각자 집으로 콜한다고 했어!"

"와! 지난봄 축제 때 합창반 지휘자 4학년 미남자 말이니?"

"그래! 너 혹 그 미남자한테 관심 있는 건 아니겠지?"

"내가 아니라 그건 바로 너 같은 데 하하하."

"호호호 맞다. 난 합창 연습할 때 악보는 안 보이고 엉뚱하게 그 사람 얼굴만 보이는 거야. 호호호."

정문까지 걸어 나오는 동안 친구들은 마냥 즐겁다. 학기말 시험도 끝났겠다, 곧 종강에 이어 방학이기 때문이리라.

"군자君子는 대로행大路行!"

그들이 유학儒學 과목에서 익힌 것은 역시 어렵고 긴 구절보다는 귀에 쏙 들어와 박힌 군자대로행이라는 짧은 구절이었다. 그들은 군자대로행을 외치며 친구들보다 앞서 정문을 향해 달려갔다. 모두 군자가 된 듯 의기충천했다.

"저어! 주, 혜연 학생이?"

그때였다. 묵직한 책을 왼손에 들고 오른손엔 책가방을 든 한 남자가 출현했다. 그의 모시 노타이 깃엔 S대 배지가 눈부셨다.

친구들이 일제히 발걸음을 멈추었다. 12개의 반짝반짝 빛나는 눈동자가 남자를 바라보았다. 용자가 혜연을 돌아보았다.

"계집애! 너 내일 농활 가는 거 맞아?"

키 작은 용자가 두 발을 쳐들고 혜연의 귀에 대고 말했다.

"응! 간다면 가는 거다. 근데 왜 물어?"

"암튼 징조가 과히 나쁘진 않다만 그럼 낼 보자!"

용자와 함께 친구들은 뿔뿔이 흩어져 가고 그 자리에 남은 것은 S대생과 혜연뿐이었다.

"제가 이 학교에 다닌다는 건 어떻게?"

여고 시절 편지사건 이후 첫 대면이었다.

"우선 조용한 데로 잠깐 가실까요?"

그들이 간 곳은 혜연의 학교에서 과히 멀지 않은 S대학 근처의 루비 다실이었다. 2층 다실로 오르는 나무 계단이 허술하여 삐거덕거린 것에 비하면 그날 그들에게 주어진 시간은 쉽게 설명할 수 없는 결과를 초래했다.

혜연은 다른 친구들보다 앞장서 농활을 외쳤고 들떠 있었다. 그런데 그녀가 농활 계획을 여름 방학 프로그램에서 제외시킨 점이 특이하다면 특이하다. 혜연은 용자에게 전화를 걸어 이른 아침 용산역에 나가는 일의 불가함을 통보하는 형식으로 농활 대열에서 물러섰다.

정찬영 역시 그날 오후, 삼선교에 있는 오래된 한옥집의 고3 여학생 영어 과외수업에 나가지 않은 점으로 미루어 보아서도 루비 다실에서의 만남이 그들에게 얼마나 중요했던가, 그에 대한 의미를 다시 한번 숙고해 보아도 좋을 것이다.

그들은 루비 다실을 나와 혜화동 로터리를 돌아 삼선교 방향으로 걸어갔고, 돈암동 태극당에 머물러 소보로빵을 먹으며 잠시 다리를 쉬었다. 그리고 밤 그늘이 깊어가자 찬영이 혜연의 집 동네까지 바래어주고 헤어졌다. 걷고 걸으면서 어린 시절에 겪은 전쟁의 상처와 인생을, 그리고 대학생활과 자신들의 미래에 대한 포부를 주고받았다. 공교롭게도 6·25 와중에 어머니를 여읜 것, 그의 맏형과 혜연 언니의 수난 등, 둘 사이에 공통분모가 있어 자연스럽게 이야기를 풀어냈다. 어머니 없이 자란 설움이 그들을 단번에 십년지기로 둔갑시킨 것이다.

"그만 일어나세요. 저도 정지용 시인과 사진 찍고 싶어요."

누군가가 큰 소리로 말했다. 한 생각에 젖은 혜연은 얼른 그 말뜻을 헤아리지 못한다. 혜연은 조심스럽게 무감無感 무취無臭 무온無溫 무정물無情物의 정지용 시인의 손 위에 얹은 자신의 오른손을 거두었다. 그녀는 말없이 그 장소를 빠져나와 생가 쪽으로 걸어가는 사람들을 따라갔다.

정지용 시인의 오뚝한 콧날 하며 단정하고 이지적인 얼굴 윤곽이 꼭 누군가를 닮은 것 같았다. 닮아있는 것은 외형적인 것뿐 아니라 홀연히 사람들 곁에서 사라져버린 것도 두 사람

모두 흡사했다. 찬영은 만날 때마다 S대 도서관에서 책을 빌려 혜연에게 전해 주었다. 대학공부 하다가 고운 얼굴 상하지 말고 차라리 소설을 쓰라고 독려했다. 만날 때마다 그런 그가 어느 날 편지 한 장 없이 홀연히 증발해 버린 것이 그것이다. 사법고시 준비하러 산사에 들어앉았거나 두문불출 공부에만 집중하겠거니 혜연은 좋은 방향으로 짐작만 하고 지냈다.

혜연은 아련히 되살아나는 상념 속으로 점점 깊이 빠져들었다. D대학교 합창반 지휘자인 4학년 미남자 그룹과 함께 농활에 참여하기 위해 들떠 있던 그해 여름의 일들이 아슴아슴 기억의 행간에 비쳤다가 흐려지곤 했다.

"군자는 대로행!"

왁자하게 떠들며 서로 경쟁하듯 빠르게 교문을 향해 나아가던 친구들의 발소리가 귀에 잡히는 것 같았다.

"방학을 함께 지내고 싶었어! 읽고 싶은 책을 읽으며 산책도 같이 공부도 같이, 알았지?"

찬영의 정다운 목소리가 정지용 생가에서 명자꽃을 바라보는 혜연의 귓가에 연속적으로 들려왔다. 문우들이 셋, 넷 짝을 지어 모여와 치즈와 김치를 외치며 명자꽃을 둘러싸고 사진을 찍었다. 사립문 옆에서 발갛게 만개한 명자꽃이 많은 사람을 계속 불러 모으고 있었다. 그곳에서도 찬영의 환영이 혜연의 뇌리에 집요하게 따라붙었다.

점심식사 장소로 지정된 ○○식당으로 들어섰다. 식당에 이르자 산나물 향기가 은은하게 번져온다. 산나물 향기에 그리움이 새록새록 피어난다. 혜연은 산나물에 밥을 비비며 샘물 솟듯 솟구치는 그리움의 시원을 향해 그윽한 눈길을 보냈다.

비빔밥을 한 숟가락 떠서 입으로 가져갔다. 목이 메었다. 몇 술 뜨는 둥 마는 둥 숟가락을 내려놓고 컵을 들어 물을 조금 마신다. 기억의 창고를 닫는 데는 혜연 그녀만이 느끼는 옅은 미열과 통증이 일었다.

정지용 생가 뜰에서는 식사를 빨리 끝낸 일행들이 빙 둘러서서 정지용 시인의 「향수」를 낭송하고 있었다.

넓은 벌 동쪽 끝으로 옛이야기 지줄대는

실개천이 휘돌아나고 얼룩백이 황소가

해설피 금빛 게으른 울음을 우는 곳

그곳이 차마 꿈엔들 잊힐 리야!

질화로에 재가 식어지면, 비인 밭에 밤바람 소리

말을 달리고 엷은 졸음에 겨운 늙으신 아버지가

짚 베개를 돌아 고이시는 곳

그곳이 차마 꿈엔들 잊힐 리야!

  혜연이 정지용의 「향수」를 나지막하게 읊조렸다. 무량한
그리움이 거대한 물줄기 되어, 소년 찬영이 뛰어놀았을 넓은
들 동쪽 끝으로 끝없이 흘러가고 있었다.

열일곱의 신세계

초판 1쇄인쇄 2020년 7월 29일
초판 1쇄발행 2020년 7월 31일

저 자 변영희
발행인 박지연
발행처 도서출판 도화
등 록 2013년 11월 19일 제2013 - 000124호
주 소 서울시 송파구 중대로34길 9−3
전 화 02) 3012 - 1030
팩 스 02) 3012 - 1031
전자우편 dohwa1030@daum.net
인 쇄 (주)현문

ISBN ㅣ 979−11−90526−17−3 *03810
정가 13,000원

도화道化, fool는
고정적인 질서에 대한 익살맞은 비판자,
고정화된 사고의 틀을 해체한다는 뜻입니다.